やばい老人になろう

やんちゃでちょうどいい

さだまさし

PHP文庫

○本表紙図柄＝ロゼッタ・ストーン（大英博物館蔵）
○本表紙デザイン＋紋章＝上田晃郷

まえがき

僕はこれまでに、多くの「お年寄り」の方々に可愛がっていただいた。

その中には政財界の重鎮《じゅうちん》をはじめ、有名な文学者や評論家、また芸能界で活躍する方々もいて、年齢も性別も職業も広範囲。しかも、そのすべての方々が「お年寄り」と一言では括《くく》りきれないような、バイタリティーにあふれ、想像力豊かで、かつ人間的な魅力に満ちた人たちであった。

破天荒《はてんこう》で頑固《がんこ》で偏屈《へんくつ》で、なおかつお茶目でユーモアがあって、どこか可愛らしい。

そんな人間としての包容力と成熟度の深さを感じさせていただいた。

実際にお会いし、お話しして、交遊の時を過ごしているうちに、そこにはさまざまな経験値に裏打ちされた「老人力」というものがあることに気がついた。

遠慮がちに「お年寄り」などと表現するよりも、尊敬と愛情と称賛と親しみをこめて「じじぃ」「ばばぁ」と呼びかけるほうが、ずっと相応《ふさわ》しい。

僕はそんな「じじぃ」「ばばぁ」たちから、たくさんのことを学び、教えられ、気づかされてきた。そのパワーに圧倒されたのだ。

僕は、ある意味で人間の完成形は「じじぃ」ではなく「ばばぁ」だと思っている。

たとえば、一徹で八方破れの「じじぃ」より、奇怪で妖《あや》しげな「ばばぁ」のほうがいい。「じじぃ」は干《ひ》からびていくだけだけど、「ばばぁ」はある種の妖艶《ようえん》さで花開き、実っていく。なぜか僕は、そんな気がするのだ。

本書では、僕がこれまでに出会ったそんな「じじぃ」や「ばばぁ」たちの、圧倒的な生き方を伝えられたらと思う。尊敬を超えて、その存在に思わず身震《みぶる》いしてしまう「やばい老人力」である。

僕もまた、いつの日か、そんな「じじぃ」になれることを夢見ながら——。

さだまさし

やばい老人になろう◎目次

第二章　ドラマティックな人生を歩んだ祖母と父

第三章　郷里の「やばい老人」たちが教えてくれた

第六章 ひとりの「じじぃ」から若者たちへの伝言

第一章

「老人力」あふれる「やばい老人」とは？

「やばい老人」と呼ばれる「じじぃ」に

二〇一九年四月十日、僕は六十七歳になった。

いまから七年前の誕生日には、僕は晴れて「還暦」を迎えた。

だからといって、赤いちゃんちゃんこを着たいとも、めでたいとも思わなかったが、「よくぞ、六十まで生きてきたな」というのが正直な感想だった。

と同時に、「老い」ということを意識したし、これからの人生を「おつり」だと思うような気持ちになった。なぜなら、その前年の二〇一一年三月に「東日本大震災」が起こっていたからだ。震災の被害を目の当《ま》たりにして、いま生きていることの意味、運命の不思議ということを考えるようになった。

僕は四十代までは、それなりに世間体《せけんてい》も気にしていたし、まだまだ若造だという意識があり、自分を強く押し出そうという気にはなれなかった。それが五十歳になったときは「少しは自分の意見を言ってもいいんだ」と思えて、解放された気分になった。

そして迎えた「還暦」の六十歳では、「他人からの悪口なんてどうでもいい」という境地に達することができた。まさに、開き直りの境地だ。だからこそ、残りの人生を「おつり」と思えば、楽に生きていけるのではないかと考えたのだ。

ならば、六十七歳になったいまは、どうあるべきか？

それが、この本のテーマである。

厚生労働省が毎年行なっている「人口動態調査」の統計上の定義によれば、十五歳未満は「年少人口」で、十五歳〜六十四歳が「生産年齢人口」、そして六十五歳以上が「老年人口」なのだそうだ。となると、六十七歳の僕も、立派に「老年」の仲間入りを果たしているということになる。

また、二〇一七年一月に日本老年学会と日本老年医学会が、「高齢者の定義と区分」について新たな提言を行なった。その提言によると、六十五歳〜七十四歳を「准高齢者」とし、七十五歳〜八十九歳を「高齢者」、九十歳以上を「超高齢者」として区分するというのである。

高齢者を「区分」することに、どんな意味があるのかは知らないが、つまり、六十七歳は「高齢者」に区分されていることは確かだ。いずれにしても六十七歳は世間的に「老人」であることに違いはないだろう。

「老人」としての自分と、どう向き合い、どんな「じじぃ」として生きていくのか。この歳になると、もうあとは残された命との追いかけっこだ。

これから先は、人から「やばい老人」と呼ばれるような「じじぃ」になることを、どう楽しんでいくかに尽きる。

「じじぃ」の未来に、どんな風景が広がっているだろう?

「やばい老人」の条件は三つ

「人間、いずれ死ぬ」

そうした諦観《ていかん》のようなものが、若い頃から僕の中にあった。

人ハヒトタビ生マレテ生キテ
愛シキ憎キ人ニ会ヒ
老イト病ト闘ヒ生キテ
イヅレ死ヌルハ世ノ習ヒ

そう歌った「泣クモヨシ笑フモヨシ～小サキ歌ノ小屋ヲ建テ～」には、僕の死生観や歌い手としての人生そのものを刻んでいるつもりだ。

死を最初に意識したのは九歳のときだった。大好きだった祖母が亡くなり、死ぬということが怖《こわ》くて怖くて、一週間ほど泣きつづけた。そして、その哀《かな》しみの中で辿り着いたのが、やがて自分も「死ぬ」という「事実」だった。

以来、その「最期《さいご》のとき」をどのように堂々と迎えるかが長年のテーマになり、エッセイやコンサートでも折《おり》にふれて話題にしてきた。

ほとんどの人は、死を恐れ、老《お》いることを恐れるものだ。だが僕はむしろ、死を素直に受け入れ、どのように老いていくかを真面目《まじめ》に考えつづけてきた。

僕は、いったいどんな「じじぃ」として、生きるべきなのか。そう暗中模索《あんちゅうもさく》しているうちに、ふと、周りから「ヘンなじじぃ」と呼ばれたいと思うようになった。

「フツー」ではなく、あくまでも「ヘン」がいい。

自分の子供を育てるときに心掛けてきたのも「フツーはダメ」ということだ

った。子供がちょっと変わったことをしたときも「すごい！　ヘンでいい」と褒《ほ》めてやった。「良いヘン」と「ダメなヘン」があることは教えたが、「フツーはダメ」ということだけは徹底してきた。

だから、自分もまた老人として「ヘンなじじぃ」であり、「やばい老人」でありたいと思うのだ。

老いを恐れる人は、たぶん人生と真剣に向き合って生きてこなかった人だ。だから歳を取ると、後悔や不安でいっぱいになる。だが、これまで一瞬一瞬を精一杯に生き、一所懸命に努力をしてきた人にとっては、老いることは怖いことでも悲しいことでもないはずだ。

そもそも「じじぃ」には、選ばれた人しかなれないものだ。僕の同級生でも音楽仲間でも、「こいつがじじぃになるのが楽しみだな」と思うような奴が、思いがけなくガンで早くに死んだりしている。そう思うと「じじぃ」になるのは、ありがたいことなのだ。

僕が憧れる「じじぃ」、それも「やばい老人」の条件は三つある。

その一「知識が豊富」
その二「どんな痛みも共有してくれる」
その三「何かひとつスゴイものを持っている」

僕の周りには、幸せなことに、そんな「じじぃ」や「ばばぁ」がたくさんいる。彼らに追いつき追い越すためには、まだまだ僕自身の経験値も実績も足りない。

どうしたら「ヘン」で「やばい」と言われる「じじぃ」になれるか。

毎日が挑戦の日々である。

町内の「憎まれじじぃ」がいなくなった

そもそも「老人力」とは、いったい何か？

僕はそれを「じじぃ魂」や「ばばぁ魂」を持った老人のことではないかと思っている。

頑固で一徹で、個性的で八方破れで、そのくせどこかユーモラスで涙もろくて、人情家、そんなイメージである。

僕が子供の頃に住んでいた長崎市上町《うわまち》には、通称「マッタケ爺さん」と呼ばれるじじぃがいた。近所の小児科の先生だったが、僕らがコソコソと悪い遊びをしていると、どこからかスクーターに乗ってやってきて、

「こらっ、なんばしよっとか！」

と怒鳴って、僕らの首根っこを捕まえ、危ない遊びをやめさせた。

そんなことがたび重なると、僕らは「マッタケ爺さん」が怖くて、ちょっとでも姿を見かけると、怒鳴られる前にさっさと逃げたものだ。

当時は、「マッタケ爺さん」は子供が嫌いなのだと思っていたが、いま振返ってみると、本当は子供が好きだったのだと確信する。子供が好きで大事にしたいと思っているからこそ、小児科の先生になったのだろう。だから、子供が危ない遊びをしていたら、気になってわざわざ駆けつけてきたのだ。

残念ながら、「マッタケ爺さん」のような町内の「憎まれじじぃ」が、ほとんどいなくなってしまった。子供たちに嫌われようが、怖がられようが、

「ダメなものはダメ！」

と、はっきり言える人間が、いまの日本には必要なのではないかと思う。

その点、最近の「じじぃ」や「ばばぁ」たちは、子供や孫に甘すぎる。嫌われたくない、憎まれたくないと思うあまり、

「このガキ、くそ生意気だな」

と腹の中で思っても、愛想笑いでその場をやり過ごすケースが多い。子供に迎合し、めったに会わない孫に好かれたい一心なのだ。

だが、自分の老い先が短いから「事を荒立てず、嫌なことは言わずにすます」という態度は、じつは「愛」ではなく、むしろ「薄情《はくじょう》」だと知るべきだ。

むしろ「老い先が短い」からこそ、子供や孫たちには、きちんとした考え方を教え諭《さと》し、たとえ嫌われても「義」とはこうあるべきだと伝える必要がある。

それが、正しい「じじぃ」や「ばばぁ」の在《あ》り方ではないかと思う。

嫌われ、憎まれることを恐れるな。

「じじぃ魂」と「ばばぁ魂」の錦《にしき》の御旗《みはた》を、大空に高々と掲《かか》げよ。

それこそが、愛のある「老人力」のシンボルなのだ。

陽気で元気で一徹な「じじぃ」をめざす

自分が六十代半《なか》ばを過ぎて思うことがある。

それは、これまで修羅《しゅら》のごとくずっと積み重ね、乗り越えてこなければ手にできなかったものが僕の体の中にあるならば、それを次の世代に伝えていかなければならないということだ。

荒波に翻弄《ほんろう》され、風雨をなんとかしのいで「現在《いま》」があるとすれば、その想いのバトンを繋《つな》ぐこと。そのタスキを渡さなければならない場所に、いま自分が立っていると思うのだ。

少なくとも、僕のフィールドを気に入ってくれている人は、同じ山の頂《いただき》をめざしているのだろう。ならばその人には、僕なりのやり方で峻険《しゅんけん》な山を登るためのコツ、攻略法や覚悟までも教えてあげることができるのではないか。

この先、僕がどこまで登りきることができるかわからないが、たとえ道半ばで挫折したとしても、

「君は頂上まで行け！」

と背中を押してやるのが、人生の先達《せんだつ》としての役目だと思っている。かりに自分が頂上を目前にして倒れたとしても、「君たちがいまの僕の歳になったときに、一歩でも上に、半歩でも先に行っていてほしい」というのが切実な願いだ。

だからこそ、僕が知っている限りの情報や経験したこと、生きる上での知恵を後につづく人たちに伝えなければならない。バトンを渡してやらなければならないと思う。

僕はもう相手の顔色を窺《うかが》う歳でもない。たとえ嫌われてもいい。これまでだって十分すぎるほど嫌われ、叩かれてもきたのだから。

「いま語らずして、いつ語るんだ」

そんな開き直りの姿勢で、言うべきことは言う。そんな「じじぃ」でありたい。

もともと、誰も掘っていない畑を耕してみたくなるのは、どうしようもない僕の性分だ。負けず嫌いのお調子者のことを、長崎弁で「のぼせもん」という。遊びでも祭りでも、やたら仕切りたがるおじさんのことを、古い言い方で「おっちゃま」と呼ぶ。僕はまさに「のぼせもんのおっちゃま」なのである。

できることなら、陽気で元気で一徹な「じじぃ」をめざしたい。友人とワイワイ仕事をし、めいっぱい遊んで呑んで、若い仲間を巻きこみながら、友情の大きな輪を広げていく。

そもそも、日本の年寄りとは、そういう存在だった。

日本はすでに四人に一人が六十五歳以上という「高齢社会」になった。そんな中で、老人と若者がどんなふうに関わり、どんな社会を創造していくかが重要な問題だ。

文化の高い国とは、じつは「老人」の言葉が生かされる国のこと。理想の「じじい」や「ばばぁ」に出会えたら、人生も豊かに変わるはず。

それが、本当の意味で「美しい国」といえるのではないだろうか。

老人とは社会の指標となる「水先案内人」

僕は、幼い頃から人と話をするのが大好きだった。

家族がよく話をする家に育ったことも影響しているだろう。ところが、東京に出てきて、長崎訛《なま》りを笑われたときは、さすがに無口になった。気分もなんとなく落ちこんだ。

独りきりの部屋でラジオで聴いて興味を持ち、ふと思い立って寄席《よせ》に通って落語を覚えることにした。それなら江戸弁を覚えられるし、訛りの矯正にもなる。その上、「面白い！」と言われるヤツになれるのではないか、と思ったのだ。

落語に親しむようになって、知らない人と話をすることが苦ではなくなった。夏休みや冬休みには帰省していたから、長距離列車にたった一人で乗って、周りの人と触《ふ》れ合うのも楽しみになった。

おばあちゃん子は三文《もん》安いというが、僕は自分がおばあちゃん子だったせいか、お年寄りとすぐ仲良くなれた。ときには「なんて素敵な人なんだ」と感動するような老人との出会いもあった。

「いつか歳《とし》を取ったら、こんなお年寄りになりたい」

と思えるような憧れの老人とも知り合うことができた。

すると、目の前に遥かにつづく一筋の道が見えてくる。その老人の存在が偉大で大きければ大きいほど、遠く険しい道だ。自分が尊敬し憧れる老人の存在があること。じつは、それだけで尊いことだと気づく。

自分が目標とする老人と出会うことで、自分の中の何かが変化することがわかる。

僕は、いいことも悪いことも、すべて老人たちから学んだような気がする。ときには正面からぶつかり、打ちのめされ、鍛《きた》えられ、勇気づけられた。その背中を追いかけながら、感化を受け、奮起《ふんき》させられた。

おそらく、これから新たな社会をリードする「主役」は、そうした老人たちなのではないだろうか。「やばい」と言われるような「じじぃ」や「ばばぁ」が、かつてそうであったように家族のリーダー的存在になり、社会の指標となるような「水先案内人」となること。パワフルで「老人力」にあふれた存在となるのではないかと思う。

歳を重ねつつ生きつづけることは、愛する人々を人生の途上で亡くし、その生命のぶんまで一緒に生きること。生きるということは、苦しく哀しくとも、歓《よろこ》びにみちた壮絶な道のりだ。

やがて僕が生きながらえ、運よく「老人力」や「じじぃ魂」を身につけることができたら、「ヘン」だけど「面白く」て、「やばい」と言われる「じじぃ」になりたい。それが自分自身の「生命」との約束でもある。

さて、次からの章では、そんな「じじぃ魂」や「ばばぁ魂」にあふれた素敵な老人たちを紹介していこうと思う。

「やばい老人」をめざす、その第一歩として。

第二章

ドラマティックな人生を歩んだ祖母と父

バイリンガルでバイタリティーにあふれた祖母

「やばい老人」たちの話を、まずは我が家族から始めたいと思う。
おばあちゃん子だった僕にとっては、明治生まれで、気の強い女だった「祖母」の影響がとても大きかった。特に感受性の部分では、相当に影響を受けている。

祖母の生涯については、まだ追いかけ切れていないところもあるが、天草《あまくさ》の小さな村で生まれ育ち、昭和三十七（一九六二）年に八十四歳で亡くなっている。

彼女は十八歳で最初の結婚をした。ところが、嫁いびりに耐えかねて、妊娠していたにもかかわらず婚家を飛び出して、死産してしまう。

母から聞いた話では、

「いくら婚家の姑《しゆうとめ》にいじめられたとはいえ、死産した子供を引き取りに来た姑の背中が、すごくかわいそうだった」

と祖母は言っていたという。

「ひどいことをしたなと思うし、その思いはいまでも胸に残っている」と。

明治の頃の日本人は、国を出ていろんな所へ行っている。祖母の兄も、ロシアの港湾都市で、シベリア鉄道の発着点でもあるウラジオストクに行き、洗い張りの洗濯屋の仕事をしていたようだ。

祖母は、その兄を頼ってウラジオストクまで行っている。ところが、今度は兄嫁とソリが合わない。一度あることは二度あるというわけだ。

そのとき、どうしたかというと「独立する」と言い残して兄の家を出てしまう。何かのツテを頼って、ロシアの貴族の先生の所に家政婦として入る。それだけ勝ち気な女だったのだろう。

先生の家では掃除、炊事、洗濯の全部を一手に引き受けていた。もともと頑張り屋の性格もあって、その間にロシア貴族の語をしっかり身につけてしまうのだ。

その流暢《りゅうちょう》さは、満鉄《まんてつ》(南満州鉄道)の一等通訳に、

「この人には勝てない」

と言わせるほどだったという。いまで言うところの「バイリンガル」で、ロシア語は死ぬまで上手だった。僕が小学生の頃、長崎の港にロシアの船が着いたときは、

「ロシアの来たねぇ」

とか言いながら出かけて行って、大きなロシア兵二人に抱えるほどの荷物を持たせて、ピョコピョコ帰って来る。缶詰だとかキャビアだとか、ごっそり持って帰るのだ。

「おばあちゃん、スゲエな」

とひたすら感心したものだ。

その「バイタリティー」と「老人力」を、本当に見習いたいと思う。

ロシアの匪賊《ひぞく》と対等に渡り合う

ロシア貴族の家政婦を務めた後、ある出会いがあって祖母は再婚する。

その再婚した旦那が、ものすごく美男子で、祖母は最後まで一番好きだったようだ。

旦那は商売に長《た》けていて、二人は薬の行商で、黒竜江《こくりゅうこう》(アムール川)の支流のゼヤ川を二十一日もかけて遡《さかのぼ》って行く。そこには金山があって、一獲千金《いっかくせんきん》を夢見て、たくさんの人が集まって来ていたという。

「その金山に入って、薬売りをした」

祖母は、そう言っていた。

ここで、ちょっとした出来事が起こる。家の床下《ゆかした》が砂地になっていて、掘ると砂金が採《と》れたという。そこで、薬売りをしながら、砂金も採っていたようだ。

ところが、当時その金山は要するに匪賊や共産ゲリラの巣窟《そうくつ》だった。いつの間にか、そういう連中の間に、

「日本人が金を貯《た》めこんでいるらしい」

という噂が広がってしまった。

それを知った仲のいいロシア人が、祖母たちに忠告をしてくれた。

「あんた、狙われてるから気をつけたほうがいいよ」

「じゃあ、もう引き揚げよう」

夫婦でそう決心して、砂金の一番大きな袋を旦那に持たせ、祖母はスカートの下に沢山の革袋を隠して、急いで引き揚げようとした。

ところが、そうは問屋が卸《おろ》さない。途中で匪賊が現れて、脅《おど》される事態に遭遇する。

「金を出せ」

「金を出せば、命は助けてくれるか？」

気丈にも、祖母は流暢なロシア語で掛け合うのだ。肝っ玉が据わっている。

祖母のロシア語は、貴族が使っていたロシア語だから、それを聞いた匪賊連中は、恐れ入ったのではないか。

「武士に二言はない」

てなことを言う。匪賊が武士かどうか知らないが。

そこで祖母は、旦那に向かって、

「命は助けてくれるって言うんだから、あなた、私たちの財産を全部出しなさい」

そう言って、旦那が持っていた袋だけを匪賊に差し出す。

「よし、じゃあ行っていい」

ふつうなら、ここでひとまず胸を撫で下ろすところだ。だが、祖母はそうではなかった。

「ちょっと待て」と匪賊を呼び止めて、

「お前はいま、私たちの命を助けるって約束したばっかりじゃないか」

と逆に詰め寄るのだ。

「これから港まで行くのに、またお前らみたいなのが現れたら、私たちは命を取られるしかない。それでよく人の命を助けるなんて偉そうなことを……」

祖母は全然ひるまないのだから、すごい胆力と言わざるを得ない。

「わかった、わかった。じゃあ港まで送ってやるから」

匪賊は、呆《あき》れながら、祖母だけを馬にちゃんと乗せてくれて、港を見下ろす丘の上まで連れて行ってくれた。

「乗るのはあの船だ。ここまで来れば、もう襲うヤツはいない。では、さらばだ」

と匪賊が立ち去ろうとしたのを、

「ちょっと待て。お前は、私たちの命を助けるって言ったじゃないか」

祖母は、またしても呼び止める。

「だから、ここまで送ってきたじゃないか」

そう言う匪賊に向かって、

「私たちは無一文になってしまった。これからどうやって船賃を稼《かせ》げばいいんだ？」

と、また文句をつけるのだ。

「日本に帰ってどうやって生きていったらいいんだ。財産を全部奪っておきながら、よくも命を助けるなんて言えたもんだ」と。

それを聞いた匪賊が感心したらしい。

「わかった。それじゃ、半分は返してやる。これだけありゃ、日本に帰っても家の二軒や三軒は建つだろう」

そう言って半分を返してくれた。

祖母にしてみれば、してやったり。自分の腰には、びっしりと金の入った革袋を巻いていたのだから。

祖母の話では、明治のお金で十六万円あったという。いまの金に換算すると、億単位のお金になる。大変な資産家だったわけだ。

祖母が語り草にしていた「武勇伝」の一席である。

夫の死後、樺太《からふと》で日本との交易を始める

こうして祖母たちは、無事にウラジオストクに帰るが、間もなく旦那を胃ガンで亡くしてしまう。独りになってしまった祖母は、莫大な財を元手に最大の日本人街であるペキンスカヤに、「松鶴楼《しょうかくろう》」という料亭を作った。当時の料亭だから、廓《くるわ》という側面もあっただろう。驚くような転身である。

その「松鶴楼」に、官憲《かんけん》に追われて逃げこんできた男がいる。それが、やがて僕の祖父になる佐田繁治《さだしげじ》だった。祖父は、NHK「ファミリーヒストリー」によれば台湾で警官になった後、ある日突然、大陸へ渡ってしまう。理由は定かではないが、明治の男のロマンのようなものだったのかもしれない。

大陸で何をしていたのかというと、どうやら諜報活動だったようで、昭和九(一九三四)年の外務省調査部による『新疆事情』には次のように記されている。

楊督軍ノ晩宴ニ赴ク。同席ニ日本人佐田繁治アリ、國際探偵ナリ、名ヲ三井洋行ノ物産商業調査ニ藉リテ去年既に廸化《ウルムチ》に來リ能ク漢語漢文ヲ解ス

そして、シベリア出兵の直前には、シベリアと中国の国境騒擾《そうじょう》の目的で、シベリアでスパイ活動をしていた。それで官憲に追われていたのだ。

「松鶴楼」は同胞のいるところだから、匿《かくま》ってもらえると思ったのだろう。そ

のときの祖父は辮髪《べんぱつ》姿（当時の清国人の髪形）だったというから、完全に中国人になり切っていた。

祖母は、祖父を屋根裏に匿っていたが、そのうちに「寝室」に匿ったりもするようになった。そうしてできた子供が、僕の父である。

祖父には、日本に残してきた妻と二人の子供がいた。祖母のほうは、二度目の旦那さんと死別して寡婦《かふ》だった。したがって、僕の父はいわゆる庶子《しよし》である。

祖父は、新しい子供ができて、だんだん自分も歳を取ってきたということで、スパイから引退する決心をする。そして、シベリア出兵の失敗と同時に引き揚げ命令が出され、日本に引き揚げて来る。

帰国した祖父が何をしたかというと、若槻元総理に直談判に行き、樺太《からふと》の森林開発の権利を獲得する。帰ってはきたものの、狭い日本に腰を落ち着けようとは思わなかったのだろう。ところが、樺太に行って森林の開発をしている最中に、突然、五十四歳で亡くなってしまう。そのとき、父はまだ五歳だった。

祖母は女手ひとつで父を育てることになる。本当に波瀾万丈の人生である。商売人としては、確かに才覚のある人だったようだ。「松鶴楼」の女将《おかみ》をしていた頃も、たいそう羽振りがよかったが、お金を預けていた銀行が破産して、一文無しになってしまう。

ところが、祖母はここから本領を発揮し始めるのだ。

樺太から熊本の天草の実家に、鰊《にしん》の味噌漬を樽《たる》で送ってあげたことがきっかけだった。九州では鰊の味噌漬は珍味で、ものすごい貴重品だ。実家ではびっくりして、お返しにと椿油《つばきあぶら》を一樽送って来た。

その椿油は、樺太では逆に大変な貴重品だったのである。

「これは商売になるんじゃないか」

とっさにそう思ったようだ。

樺太から鰊の味噌漬を実家に送ってやって、その代わりとして、実家からは椿油を樽で送ってもらう。その椿油を、容器に一杯幾らで売るわけだ。

この商売は目論見《もくろみ》どおりに当たり、かなり儲かったという。あっという間に、貯蓄額は当時のお金で四百円ぐらいになった。大正から昭和にかけて、サラリーマンの平均年収が七百五十円くらいの時代だ。その半分以上のお金をすぐに貯めたのだ。波乱の時代を生き延びる知恵だったのである。細腕《ほそうで》ならぬ「太腕《ふとうで》繁盛記《はんじようき》」であった。

実母との劇的な再会と戦友の妹との結婚

祖母の親類が満州にいたので、一人っ子の父は満州の話をよく聞かされたという。

小学校を卒業して中学校に進学した頃に、

「満州に行って住もうか?」

と父が訊《き》いたら、祖母が嬉しそうな顔をした。それで、二人は樺太から満州へ移住することになる。それも、せっかくお金があるんだからということで、樺太を出発して南下しながら日本中を観光して歩き、最後に下関から船で満州に渡った。

父の話には大袈裟《おおげさ》なところがあるが、樺太から満州に辿《たど》り着くまでに、百七円も使ったという。どこへ行くのにもリキシャ（人力車）を使っていたというから、まさに大名旅行であった。父は「坊ちゃま、坊ちゃま」と下にも置かぬ待遇を受けたようだ。

下関の船着き場では、こんなことがあった。

「松鶴楼の女将さんじゃありませんか？」

突然、祖母が声をかけられ、女の人と親しげに話しこんでいる。父はその人のことが気になって、

「あの女の人は、誰なの？」

祖母に尋ねたら、

「あの人は家政婦さんやったんよ」と。

祖母が女将をしていた「松鶴楼」で働いていた人だったのだ。

「元気でやってるようだから、よかった、よかった」

祖母は安心したように言った。その家政婦さんのことが、ずっと気がかりだったのだろう。そんな偶然の再会もあって、父を連れて満州へと向かう船に乗りこんだ。

その後は満州で暮らし、母子ともに平穏な日々を送るわけだが、時代は再び戦争への道を突き進んでいく。やがて父も兵隊に取られてしまう。父は祖父が認知した子供なので、祖父の本籍地から兵隊に行くことになった。本籍地は島根だったので、広島の連隊に入ったのだ。

祖母とは、このときから離れ離れになってしまうのである。

父は子供時代から満州に住んでいたので、中国語が自由に話せた。それで、戦地となった中支《ちゅうし》（中国大陸の中部地方）では、ゲリラとして戦にも参加していた。

戦争が終わったところで、父はそのまま中国に残って中国人になるつもりだったようだ。だが、その一方で、

「ひょっとして、母がどこかで生き延びているかもしれない」

という思いもあった。

そのことを知った戦友の一人である情報将校の岡本忠《おかもとただし》が、

「佐田、俺と一緒に日本に帰ろう」

と父を説得し、なんとか無事に日本に連れ帰った。岡本の故郷が長崎だったので、長崎に辿り着いている。

祖母の生まれ育った天草に行くには、長崎から出ている「天草航路」しかない。

「母が生きていれば、きっと長崎に来るだろう」

父はそう考えて、茂木《もぎ》という町で材木屋に勤めて、再会できる日を待っていた。

それから間もなくのこと。なんと父は茂木の船着き場で、引き揚げてきた祖母と再会できたのだ。いまにして思えば、信じられない劇的な再会であった。

やがて父は結婚するが、その相手が、父を長崎に連れて帰ってくれた戦友・岡本の妹喜代子だった。そして、その二人の間に生まれたのが僕、というわけである。

父の前半生は、そんなドラマティックな展開で彩られている。

中国戦地での白兵戦で生き残った父

父の生き方は、まさにロッカーであった。それも、とてつもないハードロッカーだ。

肚《はら》の据わり方が半端じゃない。それは中国で過酷な戦いを経験して、兵隊として生き延びてきたからだろうと思う。

「俺は兵隊の生き残りだ！」

そう父は言っていた。本当なら、みんな戦地で死んでいたんだ、と。

「日本は負けたけど、俺は負けてない。向こうが武装解除してくれと頼みに来たから、してやっただけだ」

そう頑固に言い張るような父だから、全くハードロッカーである。爪を噛む癖もあったし、一人っ子だったから、甘ったれなところもあった。

しかし、よく独り言を言っていた。

「ちくしょう」とか、「このやろう」とか、呼ばれてもいないのにときどき「はい」なんて返事をしたりしている。

父は、兵隊同士が素手《すで》でつかみ合いをするという「白兵戦《はくへいせん》」を経験している。

だから、そんな独り言を言っているときの父は、そのときの記憶が呼び起こされていたのかもしれない。

白兵戦を経験した兵隊なんて、そう多くいるはずがないし、相当に過酷な経験だったに違いない。だから、いつまでも記憶に刻《きざ》まれているのだろう。

その白兵戦において、手榴弾《しゅりゅうだん》で左手を負傷し、親指の自由を失っている。

父は中国での戦争の最前線中の最前線にいて、敵の状況や地形を偵察《ていさつ》したりするゲリラだった。最前線中の最前線にいた血気盛《けっきさか》んだった父は、敵の重機関銃を奪い取ってやろうと思って、塹壕《ざんごう》を駆け上がって行く。自分では大丈夫と思っていたのだろうが、なんと目の前には中国兵がいっぱいいた。

「こりゃ、いかん!」

慌てて駆け下りたときに、後ろから四つの手榴弾が飛んで来た。まるで腕を摑まれ、柔道で投げ飛ばされるような格好で、泥田《どろた》の中に転がり落ちた。

「しまった!」

あわてて銃をかまえて撃とうとすると、目の前に何か棒のような杭のようなものが立つ。

「何だ？」

そう思って、ヘルメットの額《ひたい》の辺りを触《さわ》ったら濡《ぬ》れている。

「あ、血だ！」と触感でわかった。

「俺はどこか怪我している」

それでよく見たら、左手の親指の付け根から血がビューッと噴《ふ》き出ていた。その血が目の前で棒のように見えたのだ。

そこで敵の兵隊と取っ組み合いになった。父としては、泥田の中で、ドラマのようなかっこいい戦いを演じたつもりでいたらしい。でも、脇で見ていた戦友には、二人の病人が抱き合っているようにしか見えなかったそうだ。

「どっちが佐田だ、どっちだ？」

「こっちだ、こっち」

と答える父の声を確認して、戦友が敵兵を撃《う》ち、父を救ってくれた。そうして敵兵と泥田の中でくんずほぐれつしている間に、噴き出していた血も止まっていた。急ぎ軍医の元へ運ばれた。

そこへ、たまたま師団長が現れ、わざわざ、

「こいつは死なすなよ」と言った。

そのひと声で、生命が助かり腕を切り落とされずにすんだ。父は、誰からも一目置かれ、役に立つ兵隊だったようだ。でも親指は使えなくなったので、戦後は傷痍《しょうい》軍人手当が出た。

僕は父からはもちろんだが、戦友会にも何度かついていって、戦友たちからも父は凄い兵士であったという話を聞かされた。父は戦争の最前線にいたわけだから、

「よくぞ生き延びたな」

という思いが強い。

これぞ、まさしくハードロックな人生である。

決死隊として突撃命令を待っていた

もう少し、父の話をつづけよう。

父は、決死隊として本当に死ぬ覚悟で突撃するつもりでいたという。与えられた軍刀を手から落ちないように布で手にきつく巻き付けて、いまかいまかと突撃命令が下る瞬間を待っていた。

父は分隊長で多くの部下はいたが、みんな同年兵だった。突撃命令が出ても、できるだけ仲間を死なせたくなかった。とはいえ命令には逆らえない。それで妻子持ちとか、家族持ちは決死隊から外すことにした。

すると、親も子もない兵隊が一人だけ残った。こいつが結構なワルだったの

で、

「自分も母一人だから、分隊の中で死んでいいのは俺とこいつだけだな」

そう思ったという。

「お前、俺と一緒に死んでくれんか」

と言ったら、

「おお、いいぞ」

と即答してくれた。

父はその部下と二人で、決死隊として突撃命令が下るのを待っていた。ところが、二時間待っても、三時間待っても、その命令が届かない。

父は次第にイライラしてきて、

「早く死なしてくれねえかな」と思ったそうだ。

すると、誰かが「風呂にでも入るか」と、父を誘った。

でも父は、それを一蹴《いっしゅう》して、

「俺はな、『あいつは、死ぬ前にちゃんとお湯まで浴《あ》びて死んだ』なんて言われたくねえ」

そう言って笑った。

それから七時間か八時間が過ぎた頃になって、やっと情報将校がやって来た。

「作戦は中止だ！」と。

これで、父は命を落とさずにすんだ。

あとで聞いたところ、その情報将校が、僕の伯父《おじ》になる岡本忠だった。伯父は父が決死隊に志願しているのを知って、寸前で止めさせたのではないだろうか。

軍にとっては、兵隊なんて捨て駒のひとつ。人間あつかいではない。軍の命令であれば、決死隊で誰が死のうが知ったことではないだろう。それでも、結局、作戦は中止になったのだ。

その意味で、父には運の強さみたいなものがあったのではないかと思う。

父は分隊長だったが、部下からは「分隊長」とは呼ばれずに、

「佐田よ」

と名字で呼ばれていたようだ。同年兵同士の気安さで、友達感覚だったのだろう。

当時の仲間は十三人前後いたようだが、戦友会を開いても、みんな仲が良かった。

僕が歌手として活動し始めてからも、コンサート会場には戦友と名乗るおじさんたちが、必ず来てくれていた。父の戦友だから、それぞれがハードロックかと思っていたら、案外フォークな親父さんもいたわけである。

そして、いまではその戦友の子供たちが、僕のコンサートに来てくれている。

こうした世代を超えた結び付きを生み出すのも、「老人力」のなせる業《わざ》かもしれない。

死ぬまでハードロッカーだった父

とはいえ、父は「老人」としては、最後まで未完成だったと思う。

死ぬまでハードロックのまんまで、たとえて言えば、エレキギターで「君が代」を弾きながら、「老成」とは無縁で死んでいった感じだ。生きたいように生きた人生だった。祖母と同じで、大の肉好きで、よく肉を食べていた。歯が丈夫で、二十八本の歯がすべて自分の歯だというのが自慢だった。

あるとき、健康雑誌の記者が取材に来た。ところが、出来上がった雑誌の記事には「歯が二十本、全部自分の歯です」と書かれてあった。

それを読んで、父は烈火のごとく怒った。

「話したことと違うじゃないか。全部自分の歯だと言ったんだ。二十本なんかじゃない、二十八本だ。親知らずもあるぞ」と。

なにしろ歯だけは本当に大事にしていて、しょっちゅう歯磨きをしていた。ただし戦後はその自慢の歯で、いつも歯ぎしりをせざるを得ない状況に追いこまれた。人に騙《だま》されて、保証人をさせられていたのだ。戦後というのは、そういう時代だったのである。

そのため、父は多額の借金を抱えていた。

それを返済できたのは、奇跡的に僕の『精霊流し《しょうろうなが》』が売れたからだった。思いもかけず入ってきた印税で、きれいに返済することができた。自分で言うのもおこがましいが、息子に恵まれたというわけだ。

それでも、まだお金が残ったので、僕は長崎に佐田家の墓を建てた。『精霊流し』の印税で、墓を建てる……ある意味日本人として正しい行為だろう。

ところが、父のほうはどうだったかというと、息子である僕のことなど何も考えないで、もう自分のやりたい放題だった。

僕が会社を設立したときも、

「お前が社長になると、なにかトラブルがあったときには、責任を取らなければいけない。だから、役職には就《つ》かんほうがよろしい」

そんなことを言って、自分が代表取締役社長になっていた。

「なにかあったら、俺が全部かぶればいいんだから」

と胸を張ったが、お金も使いたい放題で、その挙句《あげく》の果てが、ドキュメンタリー映画『長江《ちょうこう》』の製作につながるのである。

僕にとっては「悪夢」の始まりだった。

二十八億円の借金も潰れるまでやる決意

『長江』は、僕の祖父母や父母が青春時代を送った中国を舞台にした映画である。母は海軍系商社のタイピストとして戦争当時、漢口《ハンコウ》（武漢《ウーハン》）に駐在していた。この頃の思い出話がグレープ時代の『フレディもしくは三教街』につながる。

映画の内容は、中国で最も長い川である長江を源流に向かって遡りながら、通り過ぎる街と人々と、その歴史を追うドキュメンタリーだ。

当時の父は、いまの僕よりもっと若くて潑溂《はつらつ》としていた。

僕らのほとんどが中国語を話せない。父も日本語しかしゃべらなかった。中国側のスタッフは、僕らはみんな中国語が理解できないと思っていたので打ち合わせのときなども、中国語でいろんなことを言っている。

もちろん中国語を話せる父には、向こうの密談も内緒話もすべて筒抜けだった訳だ。

「向こうの本音はこうだぞ」

そんなふうに僕に彼らの真意を教えてくれた。力強い味方が傍《そば》にいてくれたのだ。

長江の中流から上流の三峡《さんきょう》へと遡っていく途中で、こんなことがあった。

「この辺りに鉄血虫《てつけつちゅう》という光に寄って来る虫がいて、刺されると死に至る場合がある。これまでに二つの撮影隊が鉄血虫のためにつぶれた。だから、灯りを点《つ》けてはいけない」

中国人がそんな警告をしてきた。

ところが、父はニヤニヤ笑っている。それで僕はピンと来た。これは嘘だな、と。

そこで、その話を逆手に取って言った。

「わかった。わが撮影隊は中国人民のために礎《いしずえ》となる決心をした。ここで煌々《こうこう》と灯りを点けることにする。集まってくる鉄血虫を捕獲すれば、たとえわれわれは死のうとも、中国人民の役に立つのではないか。それはわれわれの本望である。だから、いままでより多くの灯りを点けて、鉄血虫を集めようじゃないか」と。

彼らはものすごく困った顔をして、「ちょっと話がある」と。

「何？」

「いや、じつは鉄血虫がいるというのは嘘なんだ」

「やっぱりそうか。なぜ、そんなわかりきった嘘をつくんだ。ここには軍事基地があるから、撮影して欲しくないというのなら、そう言ってくれればいい。俺たちは中国にスパイに来たわけじゃないし、そんなものを撮りに来たわけでもない」

「わかった」

「俺たちを信用できないなら、機材は全部一室に集めて鍵をかけ、その鍵は君らに渡す。だから、外に出るなとか、灯りを点けるなとか、そんなくだらないことは言わないでくれ」

そう言ったら、彼らは納得してくれた。

「いや、もうわかった。鍵なんかかけなくてもいい」と。

なるほど、さすがに周辺はものものしい雰囲気が漂《ただよ》っていた。グリーンのライトが煌々と点いていて、ヘリコプターをはじめ、UFOみたいな正体のわからないものが無数に飛んでいる。もしかしたら噂の「鉄血虫」もいたのかもしれない。

この件では、父に助けられたようなものだ。

人生の修羅場を潜り抜けてきているからこそ、こんなときに「老人力」の強さが発揮されるのだろう。

この映画製作は父の念願だったから、僕としては親孝行のつもりで始めた。製作総指揮は父が務めたのだが、製作費がどんどん膨《ふく》らんでいき、最終的には個人で二十八億円もの借金を背負い込むことになってしまった。金利を含めれば、三十数億円という金額だ。

なにしろ父はハードロッカーだから、後先のことも考えずに、お金をどんどんつぎこんでいく。息子が稼いだお金だという意識はまるでなくて、そこにお金があるからと、当たり前のように使う。こっちは堪《たま》ったものじゃない。

ともあれ、そんな父の滅茶苦茶な金銭感覚のおかげで、命あっての物種《ものだね》というぐらい追いつめられた。でも僕は、いざというときには肚が据わるタイプだ。

「ああ、俺は父の子なんだな」

と思うことがある。追いこまれて、周りが敵だらけになったときに、ポンとスイッチが入る。危ないことを、危ないと感じなくなるのだ。

「借金が二十八億円に膨らんだ」

会社のスタッフからそう告げられたときも、

「え、じゃ明日潰《つぶ》れるの？」と訊いたくらいだった。

「いやあ、明日潰れるってわけじゃないけど」

「じゃ、いつ潰れるの？」

「いやいや、それはわかんないんだよ」

「わかんないんだったら、潰れるまでやろうよ」

そんな会話をしたことを覚えている。

「ダメになったらダメになったって言って。それまで頑張るから」

そう言って走りつづけて、なんとか借金を返すことができた。もちろん苦しい中で、コンサートに来つづけてくれたお客様や、仕事仲間や、いろいろな人たちに助けられたおかげだ。

よく会社が潰れなかった、と自分でも思う。

といっても僕には大金を返す力は無い。歌うことしか出来ないのだ。つまり、あの借金はコンサートの客席に座り続けてくださったお客様がコツコツとお返しくださった訳なのである。

歌い続ける内にソロ・コンサートの回数も４４００回を超えてしまった。

僕はこうしてあとどれくらい歌い続けるのだろうか。

父の夢を実現するためにこさえた借金をともあれ、お返しできたことは有り難いことだ。

僕の墓標には、

「父の借金を返しつづけ歌いつづけた男、ここに眠る」

そう書いて欲しいものだ。

父のような「やばい老人」を目指して

一生をハードロッカーで貫いた父のことを考えると、僕はダメだなと思うことがある。

僕は本当は不真面目なくせに、いつの間にか自分でも「どうして？」と思うくらい、真面目なイメージができてしまった。

自分のパーソナリティというものは、これはもう動かしようがない。だけど、その他にも他人から着せられた「キャラクター」というものがある。

たとえば落語家の立川談志《たてかわだんし》さんだったら、「今日は来るかな」と心配させたり不安にさせたりしてもかまわない。談志さんは、嫌われることを屁《へ》とも思わないくらい、その対価を支払っているのだから。

ただ僕は、そこまで割り切って捨て身になれない。どうしても一所懸命にみんなを楽しませようとしてしまう。これは小学生時代からずっと、性格的に変わっていない。中学校の同級生とか高校の同級生から、よく言われることがある。

「小説書いて、歌を作って、歌って、笑かして、ゲームを考えてと、お前、あの頃と何ひとつ変わったことやってないな」と。

言われてみれば、当時から僕が作った歌をうちのクラスの連中がみんなで歌っていたし、僕が書いた小説を授業中に回し読みしていた。

「小説のつづきを今日中に読ませろ」

などという熱心な読者が、周りに何人かいた。放課後に僕が小説を書き終えるまで、ずっと待っているのだ。

そこでつい頑張ってしまうのが、僕の悪い癖だ。みんなの喜ぶ顔が見たくて、断り切れずに必死になって書き上げてしまう。ところが、それで終わりじゃない。

「明日、つづきを書いて来い」となるのだ。

こうなると勉強どころではない。歌やゲームも考えて、仲間を盛り上げなければいけない。その上、みんなからは、

「学校は休むな」

と命令されていた。

「お前が休むと面白くないから、熱があっても学校までは来い。あとは保健室で寝てろ」

と言われる。毎日がそんな感じで、ほんとに無茶苦茶な要求だった。

実際に三十九度五分ぐらいの熱があって、保健室で寝ていたことがあった。

放課後になって、みんなが心配して迎えに来てくれるかと思ったら、

「あんた、もう下校時間よ」

と保健の先生に言われて、慌てて起き上がった。

「え、みんな帰ったんですか？」

「みんな帰って、もう誰もいないわよ」

やられた、と思った。

僕よりもクラスの仲間のほうが、よっぽどハードロッカーだったのだ。

父のような「やばい老人」になる道は、遠く険しい。

第三章

郷里の「やばい老人」たちが教えてくれた

目が見えないからこそ真実に辿り着いた人

同郷の「やばい老人」の一人は、敬愛する宮崎康平《みやざきこうへい》先生だ。

僕の故郷でもある長崎県の島原《しまばら》市生まれの盲目の古代史研究家で、小説家、脚本家、詩人であり、『まぼろしの邪馬台国《やまたいこく》』というベストセラーを書いた人である。

この本がきっかけで、邪馬台国論争は、学者による密室の論議から素人《しろうと》も加わるという、一大ブームを巻き起こした。

また、島原鉄道の経営に携《たずさ》わったり、『島原の子守唄』という歌をつくった人でもある。

じつは、その宮崎先生は、僕の歌手としてのデビューのきっかけをつくってくれた大恩人なのだ。ずいぶんと可愛がっていただいた。

初めてお会いしたのは、僕がまだ子供の頃。

島原の先生の家に、父に連れられてよく遊びに行っていた。父は古くから懇意にしていただいて、先生の子分のような存在だった。

『まぼろしの邪馬台国』の最初の部分に、

「私の邪馬台国追究は、歴史のジャンルとしてではなく、私自身が生きるために、自己への対決として出発した」

という文章があるが、まさに、あれはロマンなのだと思う。

現実に、そこに邪馬台国があったかどうか、ということが大事なのではなくて、自分がその邪馬台国と向き合うことが大事だった。

先生は、すでに目が見えなくなっていたのに、興味を持って『魏志倭人伝《ぎしわじんでん》』を分析していった。

元アナウンサーだった和子奥さまが、本当に忠実に、正確に読んで聞かせるのだ。でも、音だけではわからない漢字も出てくる。

たとえば「くま」というのは、水辺のちょっとぬかるんだ土地のことを指すそうだ。球磨川の「くま」も、福岡県の地名のひとつ雑餉隈《ざつしょのくま》の「くま」もそこから来ている。僕は親父と二人で、お昼から夜八時まで八時間、そういう話を黙って聞かされたこともある。

そうやって当てはめていくと、「どうもあちらこちらに齟齬《そご》が生じておる」という。

これをどう辻褄《つじつま》を合わせるかと考えつづけ、そこに精魂を傾けることで、先生は自分の人生をバラバラにせずにすんだのではないかと思う。まさに、ロマンあふれる「老人力」の賜物《たまもの》だ。

目が見えなくなっていたからこそ、漢字に惑わされずに音で聞いて、自分なりの真実に辿《たど》り着いたということなのだろう。

失明していながら陛下のご案内役

宮崎先生は、同じ話でもドラマティックに、かつロマンティックに話した人だ。やはり古代史研究家、小説家、脚本家、詩人としての血があるから、そこに何かドラマティックなものを探そうとするのだろう。

たとえば、こんな話がある。

終戦後、昭和天皇が全国を行幸《ぎょうこう》されるときに先生は、「島原鉄道という鉄路があるから、ぜひとも行幸願いたい」と宮内庁《くないちょう》に陳情している。

ところが、宮内庁から「国鉄のレールの規格と島原鉄道のレールの規格が違うので行くことは不可能です」という回答がくる。ここで引き下がらないのが先生である。

「では、レールの規格を合わせれば行幸願えますか？」と訊いたら、

「それならもちろん行きましょう」と。


そこで、昼夜を問わない大突貫工事を指揮して、奇跡的に間に合わせた。じつは、その過労がたたって先生は失明している。にもかかわらず、諫早《いさはや》から島原までの風景のご案内役を仰せつかった。

このときに、

「いま、左手に見えて参りました海が……」とか、

「右手に見えました山が、これ焼山と言いまして……」

と、ちゃんと解説をやってのけた。目が見えないのに。

なぜ、そんなことができたのか尋ねたら、

「カーブの数で覚えた。何度も何度も走って、友達に確認して、頭の中でこのカーブ、この揺れはあの海のところ、と全部頭の中に入れていった。だからまったく違和感なく昭和天皇のご質問にもお答えできた」という。

お役目を無事終えて、プラットフォームでお見送りをしていたら、気配として陛下が改札口を出て行かれたのがわかった。

ところが、陛下はそのときに、「じつはあの人は、この突貫工事が原因で失明をした」という話を聞かれたようで、わざわざプラットフォームまで戻っておいでになった。

そして先生の手を握りしめて、

「ご苦労さまでした」

と言ってくださったという。

先生は、どうにか陛下のお顔が見えないかと、一所懸命に目を開くんだけども、もう自分の目はほとんど何も見えず、ただそのときに何かキラッと光ったような気がした、と。

「俺の目が最後に見たのは、太陽の光に反射した陛下の眼鏡《めがね》に写った太陽の反射ではないか」

などという話をする人なのだ。

たぶん、実際には見えていなかったのかもしれないが、ぐっとくるいい話ではないか。そうであって欲しいなとも思う。本人も、そうであって欲しいと思って話している。

これがロマンだ、と僕は思う。

「邪馬台国」も、そんな先生のロマンの一つなのだと思う。

「さだまさし」誕生の原点

先生は、このときから目が見えなくなってしまったが、見えなくなって困ったことは一つだけだと言っていた。

それは何かというと、

「歯ブラシにチューブの練り歯磨き粉がのらない。このこと以外に困ったことはない」

「それはどうしました？」

「簡単だよ、先に歯磨き粉をくわえりゃいいんだ」

だから、どうってことはないんだ、と。

これも自分が直面した困難に対する見事な処し方だと思う。ともかく明るい。ふつうは現実に押しつぶされてしまうけれど、先生は基本的に破天荒《はてんこう》で無頼《ぶらい》で、そういう意味では見事なロッカーだった。

父が先生と親しくさせてもらっていたので、僕も先生の弟子《でし》のような気持ちでいた。

先生も、僕を遠い親類の子供のように思っていてくださったと思う。

でも、僕がヴァイオリンの勉強をやめ、フォークギター片手に歌を始めたときは、突然、呼びつけられた。ヴァイオリン弾きだった僕が、ギターを抱えて唄うことに怒ったのだ。

「俺が意見してやる。家まで連れてこい」

ということに。

先生から、僕は「まあ坊」と呼ばれていたのだが、

「まあ坊、歌を歌いよるて？　そいなら、わしの前で歌えるものなら、何か歌ってみろ」

見えない目で、僕を見すえるように言う。僕はおとなしく覚悟を決めた。

そのとき歌ったのは、『紫陽花《あじさい》の詩《うた》』と『恋は馬車に乗って』という歌。そのほか、先生の『島原の子守唄』も歌った。

歌い終わってみると、先生は黙って腕組みして考えこんでいる。

で、ふと父に向かって、

「佐田さん、これは、面白か。ちゃんと、させてみましょうか」

なんと、話が違う方向に進んでしまった。

この辺りも、先生の豪快で太っ腹なところだ。

その後、「グレープ」を応援するといって、先生がいろいろな人に紹介してくれ、あっという間にデビューすることになった。

先生は、まさに「さだまさし」誕生の原点というわけだ。

『精霊流《しょうろうなが》し』ヒットの陰に「老人力」

以来、長崎に帰るたびに「来い」と呼ばれて、「歌できたら聞かせろ」と言う。なかなか褒めてはもらえなかったが、先生なりに僕の歌を楽しんでくれていたと思う。

デビューしてすぐのある日、

「フォークソングというのを、わしなりに調べてみた。これはワークソングに繋がる土着の音楽である。基本は、労働歌や。ということは、生活歌である」と言う。先生流の音楽評論である。でも、その次の言葉がガツンと来た。

「そう考えたときに、お前は長崎人でありながら、長崎人が脈々と守りつづけている精霊流しをなぜ歌にしない？」

と言われたのだ。

でも、僕の頭の中で「精霊流し」というのは「チャンコン　チャンコン　ドーイ　ドイ」という賑《にぎ》やかな音のイメージしかない。諸説あるが、もともと中国から伝わった「御霊《ごりよう》送りの祭」で、初盆《はつぼん》の家だけ大きな精霊船を出す。親類や友人たちで担《かつ》いで、道中はずっと騒がしくドラを鳴らし花火を燃やしつづけるのだ。

とくに華やかなのは爆竹で、それがバラバラバラッと鳴る。打ち上げ花火も鳴り響く。

「ドーイ　ドイ　ドーイ　ドイ　チャンチャンコンコン　ドーイ　ドイ　バラ

バラバラバラ　ピシューパンパンパンパン　ドカーン！」となるのだ。

「先生、あの騒ぎば、どげんして歌にすっとですか？」

思わず反論してしまった。

ところが、その年に僕の一番仲の良い「いとこ」が二十歳《はたち》の若さで死んでしまう。

春先に、海の事故で亡くなったのだ。

その年のお盆には彼の「精霊船」がなんと二艘《そう》出た。両親が夫婦別れしていたからである。

長崎人として、いくら夫婦別れしたといっても、御霊を送るときには心を一つにして、一艘で送るのは当然のことだ。けれど、このときは二艘出た。

最も仲の良かった「いとこ」だったから、それが悲しかったし憤《いきどお》りも感じた。

じつは、彼が死ぬ直前に、僕は自分が溺れ死ぬ夢を見た。だから僕は母に、

「今年の夏は海に行かないように、弟にも妹にも言ってくれ」

そう言った。

日を置かずして「いとこ」が死んだのだ。

切ない精霊流しだった。

「あいつの彼女はどんな思いで送るのだろうか。婚約者でもない、単なる彼女……」

こうして僕は、あの歌を書いた。

去年のあなたの想い出が
テープレコーダーからこぼれています
あなたのためにお友達も
集まってくれました
二人でこさえたおそろいの
浴衣《ゆかた》も今夜は一人で着ます

線香花火が見えますか　空の上から

宮崎先生が「老人力」あふれるパワーでけしかけてくれなかったら、この歌は生まれていなかったかもしれない。

売れなくても、いい歌だから歌いたい

『精霊流し』は、先にできたのはイントロの部分だった。

ギターのコード進行は、Ｄマイナーと決めていたので、そのメロディを先に書いて、それを何度も何度も繰り返すうちに、これはイントロだということになった。

そのあと、次のメロディがスーッとできて、寂しい歌だから、サビのところ

で転調。あそこはFのコードに行って明るくしよう、と。

思えばあの頃は、歌作りを科学的に考えていた。きちんと作らないと宮崎先生に叱られると思っていたからだ。

この曲は暗い歌なだけに、二コーラス目には、

「あの頃　あなたが　つま弾いた　ギターをわたしが」

と、ア音をいっぱい入れている。暗い歌を明るく聴かせるための努力だった。

いまでも覚えているが、歌を書いていたのは博多《はかた》のタカクラホテルで、一月六日か七日の夜。

トリプルの部屋で、マネージャーと三人だった。

吉田正美《よしだまさみ》（現・吉田政美）が真ん中のベッドだったので、僕は壁際のベッドで壁に向かって曲作りをしていた。入口側にテレビがあって、それを観ながらマネージャーはサキイカを食べているという状況だった。およそロマンティックでも、もの哀しくもない。

ワンコーラス作り上げて「ちょっとテレビ消して」と言って、歌った。マネージャーが「いいじゃん」と言ったけれど、吉田は「二番は？」と言う。

「え、二番いる、これ？　長いよ」

「いるよ。まだ言いたいことあるんじゃないの」

そう言われて、「わかった、テレビつけて」。また向こう側を向いて二番を書き上げた。

初演はそれから数日後だった。大阪の難波《なんば》の髙島屋のローズホールで、ダスティン・ホフマンらが出演していた恋愛映画『ジョンとメリー』の試写会の前に、三十分だけキャンペーンで歌った。その頃は、そんなキャンペーンがよくあったのだ。

そのときに、「数日前に作った歌です」と紹介して『精霊流し』を歌った。そしたら『ジョンとメリー』の映画が始まっているのに、楽屋に女の子が二人泣きながら訪ねてきて、

「あの歌は、『精霊流し』はレコードになるんですか?」と訊いてきた。

マネージャーが「なります、なります」と答えていたが、僕は「こんな暗い歌が売れるわけないな」と思っていた。

吉田も「売れないね、こんな歌。でも、いい歌だから歌いたいね」と。

グレープでは、吉田がプロデューサーだった。だから、吉田がつまらないという歌は、レコードにもしなかった。

没になった歌はいっぱいあるし、吉田が気に入っていても、僕が嫌だと言ってレコードにしなかった歌もいくつもある。吉田とは不思議な関係だった。

その後、一月中に『精霊流し』のレコーディングが終わった。

四月に売り出したら、思いがけなくヒットしたのだ。

『精霊流し』を褒めてくれなかった理由

『精霊流し』のヒットの仕掛け人は、名古屋の東海ラジオのアナウンサーだった蟹江篤子《かにえあつこ》さんだ。

レコードになる前のデモテープで聴いてくれた。

彼女は「ミッドナイト東海」という深夜放送をやっていた人だから、新曲は一通りブースに入って、チェックしていた。ブースというのは電話ボックスぐらいの小部屋で、中でテープを回して音を流しながら聴ける場所がある。

そこで、彼女が曲を聴きながら号泣したという。

その想いをそのままスタジオに持ちこんで、「この二人はどういう関係だったんだろう」「どうも奥さんではないようだ」「いったい、この女性はどうなるんだろう」というようなことを、そのまま『ミッドナイト東海』という人気深夜番組でおしゃべりした。

彼女は自分の番組で、『精霊流し』を毎回のようにかけてくれたのだ。

これは評論家的な推測になってしまうけれど、長崎から集団就職で出て来ていた「織り姫さん」たちが、当時の愛知県にはかなりいた。

その人たちが反応したんじゃないかという説がある。それで、ふるさとの歌の中に描かれていることの意味を、同僚たちに語ったのではないだろうかと。

「じつは、あの二人はこうだったと思う」

「ああ、そうだったの」

などと、それぞれに想いをめぐらせて、自分たちのドラマをつくってくれたんだと思う。

そんなこんなで蟹江さんが毎週かけてくれているうちに、五月に名古屋でドーンと一位になってしまったのだ。

じわじわヒットしているというので、七月は毎週、名古屋に歌いに行っていた。そのうち、大阪でも一位になったというので駆けつけたら、もうファンが大勢プラットフォームに迎えに来ていた。

ところが、みんなグリーン車の前で待っている。でも僕らは自由席だったので、自由席から下りたのだが、そのとたん、ファンが怒濤《どとう》のように走りよってきた。まさか自分たちを待ってくれているとは思わず、あれは正直、押しつぶされるのではないかという恐怖を感じた瞬間だった。

それでレコード店回りをするようになるのだが、三カ月前にはけんもほろろだったレコード店の親父が、なぜかものすごく優しい。頼みもしないのに、お茶まで出てくる。

そんな対応の変化を目の当たりにして、吉田と二人で、

「おい、これがこの業界の正体だよ。この業界に絶対騙《だま》されないようにしよう。半年経《た》って売れなくなったら、三カ月前に戻るんだからな」

「そうだよね」

と自分たちに言い聞かせながら歌っていたのだ。

ちなみに、この曲の生みの親でもある宮崎先生は、なぜか褒めてはくれなかった。先生の考えている『精霊流し』とは、ちょっと違ったのかもしれない。くどい、女々しいというところが、気になったのではないだろうか。女歌にしたから、どちらかといえば女々しい歌なのである。男の側から歌って欲しかったのか、あるいは、家族、父を送る、母を送るという歌にして欲しかったのかもしれない。

照れ屋で厳しい人だったから、「いい歌だな」とも言っていただけなかったが、気に入ってはくれていたみたいだ。

『精霊流し』は、おかげさまで大ヒットになり、第十六回日本レコード大賞作詩賞をいただいたが、作曲賞ではなくて、何故作詩賞？　と意外な気がしたのを憶《おぼ》えている。

どんな旅をし、どんな人に出会い、どんなショックを受けたか

じつは宮崎先生が、たった一つだけ褒めてくれた歌がある。それが『まほろば』という歌だ。

「よか歌ば書いたな。これこそ俺が書きたかった世界ばい」

とおっしゃってくださった。

「とうとう、お前は俺を超えたかもしれん」と。

僕としては過分な褒め言葉に、

「先生、何言ってるんですか。先生を超えられるわけないじゃないですか」

と慌てて否定したら、

「だけど、一言だけ言っておく。これ以上歌を難しくするな」と。

天狗になりかけた鼻を、たちまち挫《くじ》かれてしまった。

つまり、歌のポピュラリティを失うな、ということだ。ファンの人からは、「あれだけ奥深い世界を、濃密な言葉で描くという難題に対して、『まほろば』はすごく成功していると思う」と言ってもらったこともある。だが、先生に言わせれば、

「聴き手がついてこんぞ」

というわけだ。

確かに、そうかもしれない。

『まほろば』のような歌は「足」で書くので、五回ほど奈良へ行った。最初はぶらりと行って、次にヒントを見つけに行く。それから、作らずにイメージだけ膨らませていき、それで戻ってから、ある程度想定したものを持ってまた出かけて行く。ただし、このときは、まだ書かずにいる。それで最後にこれまでのものを呑みこんでいって、奈良でスケッチをして帰ってきて仕上げ

る、というやり方である。

僕の歌で地方を舞台にした歌は、みんなそんなふうに作っている。『津軽《つがる》』にしても、京都を舞台にした『鳥辺野《とりべの》』や『紫野《むらさきの》』にしても同じ。何度も何度も行って、ここを歌おうと決めたら、そこに何があるかということから調べないと書けない。しかも、その奥行きというものをはっきり言わずに書かなければいけない。その辺りの「ややこしさ」「難しさ」が、いつもある。

歌というのは、やはりポピュラリティがないと捨て去られていく。新しいものを作り出すということは、本当はとっても力の要るものなのだ。

だから、自分がどんな旅をし、どんな人に出会い、どんなショックを受けたかがポイントになる。それがどんどんなくなると、歌がつまらなくなってくるのだ。

たとえば、風景との出合いでもあるし、その土地の風土文化との出合いもある。そこで出会った人の印象の濃さみたいなものもあれば、感動するとその人にのめりこんでしまうこともある。

すると、その人の人生を背負いこんでしまうような気持ちになって、初めてその土地が見えてくる。どこにその自分の魂を委《ゆだ》ねるかは、歌作りにとって非常に重要な部分だと思う。

『まほろば』の場合には、磐姫《いわのひめ》(磐之媛命《いわのひめのみこと》・『古事記《こじき》』下巻の冒頭に書かれている「仁徳天皇《にんとく》」の皇后)の歌を春日大社神苑の萬葉《まんよう》植物園で見た。

「ありながら　君をば待たむ　ぬばたまの　我が黒髪に　霜はふるとも」

出典の『万葉集』を調べてみると、それは正確ではなく、『万葉集』巻二、相《そう》聞《もん》の中に、
ありつつも　君をば待たむ　打ち靡《なび》く　わが黒髪に　霜の置くまでに(八七)

居明かして　君をば待たむ　ぬばたまの　わが黒髪に　霜はふるとも（八九）

の二作があった。これらがどうもごっちゃになっているらしかったのだが（現在の萬葉植物園には八九の歌が陶板に記されていると聞いている）、この歌は、やはりこのままいつまでも、あの方をお待ちすることにしよう。この黒髪が白く変わってしまうまでも……といった意味だ。

磐姫は非常に嫉妬深い皇后として有名なので、それで最初はぞっとして、「恐ろしや」と思った。でも、何度も何度も読み返すうちに、ちょっと違った思いが浮かんできた。

初めは「帰ってくるまで起きて待っている」という歌にしか思えなかったのが、「おばあちゃんになっても、あなたが好きです」という響きに聞こえたのだ。

その瞬間に、「ああ、書ける」と思った。

「霜はふるとも」というのは、「おばあちゃんになっても大好きです」と考えたら、こんなに一途な歌はないではないか。重たいかもしれないけれど、どこか一途なものがあるではないか。

それで生まれたのが、『まほろば』である。

もうひとつ、これから歌にできそうなのは、建礼門院《けんれいもんいん》右《う》京大夫《きょうのだいぶ》だ。彼女は平安時代末から鎌倉時代初期にかけての女流歌人で、八百年も昔の人だが、お母さんの形見分けのときに、こんな歌を詠《よ》んでいる。

「きなれける　衣の袖の　をりめまで　たゞその人を　みる心ちして」

これは、着慣れていた衣の袖の折り目まで、当時と変わりなく、今は亡き愛しい人を見る心地がする、という意味だ。

この歌が、二〇一六年四月に僕の母が亡くなってからというもの、さらに心にしみてくる。

たしかに、母の着ていた着物の袖の折り目にまで、母の面影《おもかげ》が浮かんでくる。悲しいけれど、数年経ってみて、ようやく歌にできるのかなと思う。

母の存命中には、歌にする説得力が僕にはなかった。

建礼門院右京大夫の歌は、そんなふうに僕の心を揺さぶり、訴えかけてきたのだ。

老人力を持った人との貴重な出会いと教え

「老人力」を感じさせてくれるお年寄りに出会って、

「あ、こんなじじぃになりたいな」

そう思うだけで、悩みが消えるような気がする。

僕の故郷・長崎出身で、長崎県人会の会長で、日本精工の会長だった今里広《いまざとひろ》記《き》さんという人がいる。

『精霊流し』がヒットした後で、在東京長崎県人会の皆さんがお祝いをしてくださることになり、お招きをいただいたことがあった。その食事会の席で、初めてお目にかかった。

今里さんは、財界の大立者として名高く、その幅広い交友関係と人脈から、財界におけるまとめ役として「財界の官房長官」とか「財界の幹事長」と呼ばれたほどの人である。

その今里さんがなぜか気に入ってくださり、食事会の後すぐに財界のお仲間との飲み会に誘っていただき、高名な方々に次々と引き合わせていただいた。

「君のような若者はね、偉大な人にいっぱい会わなくては駄目だよ」

今里さんは、そうアドバイスしてくださった。

「どうすれば偉大な人と会えますか?」

「僕が会わせるから、僕が呼んだらできるだけ出ておいで」

そう言って優しく微笑《ほほえ》んでいる。

周りの人はみな「今里先生」と呼ぶのだが、僕がそう呼ぶと嫌《いや》な顔をする。

「お爺ちゃんと呼びなさい」

その言葉どおり、僕を孫のように可愛がってくれた。ただし、「お爺ちゃん」では畏《おそ》れ多いので、「お爺ちゃま」と呼ばせていただいた。

「おいで」と呼ばれると、何をおいても出かけて行く。

僕はそこで何をするかというと、一番下座に居てお酌《しゃく》とゲスト同士の話を聞くぐらいのことである。

最初に呼ばれていったのは、新橋《しんばし》の「金田中《かねたなか》」。日本屈指の格式を持つ老舗《しにせ》料亭で、アクリルの靴下では前に進めないようなツルツルの廊下が印象的だった。何をどうすればいいか迷っていたら、今里さんが、

「君は僕の代わりに接待役をやりなさい。お客様が来たら、君が迎えに行って、ここへご案内する。席次は僕が決めるから、決して粗相《そそう》のないように。立

派な方が見えるから、ちゃんとしなさい」

「わかりました。お爺ちゃま、見えたらでいいんですね?」

「うん、それまでは僕たちはお迎えする側だからお酒は待っておこうか」

で、待ちながら二人でいろんな話をしているうちに、仲居《なかい》さんから「お客様、お見えになりました」と声がかかる。

「はい、行っておいで」

というわけで、ビューッとアクリル靴下を滑らせながら、お迎えに行く。

「今里先生のお席でございますね、ご案内申し上げます」

「ああ、そう。ありがとう」

最初に現れたのが、谷川徹三《たにかわてつぞう》先生だった。日本の哲学者。法政大学総長を務めた人で、詩人の谷川俊太郎《しゅんたろう》さんのお父さんで、作曲家の谷川賢作《けんさく》さんのお祖父さん。

でも、そのとき僕は全然知らずに、格好いいな、このじいさん、などと思っていた。このコートは良い物だな、体にピタッとしている。背筋がすっと伸びて、水戸黄門みたいな白髭と鼈甲《べっこう》ぶちの眼鏡。格好良い人だなぁ。

ご案内すると、いちばん上座に座られた。今里さんが、ご挨拶して、

「この子は、さだまさしといって、まだぺーぺーの歌い手だけど、よろしくお願いします」

と紹介してくださった。僕はただ頭を下げるだけだ。

で、次のお客さんがいらして、走って行くと、山本健吉《けんきち》先生。僕と同じ長崎市出身で、日本の古典詩歌に詳しく、折口信夫《おりくちしのぶ》に師事した文芸評論家。「第三の新人」という用語を最初に用いた人でもある。

それから最後に現れたのが、蘆原英了《あしはらえいりよう》先生。慶應大学卒業後にフランスに留学し、バレエ、シャンソン、演劇を学び、帰国後、音楽・舞踊評論家となった人である。蘆原先生は僕の顔を見るなり、いきなり手を握って、

「『フレディもしくは三教街』って歌を作ったのは、君なんだってね」

と言う。

「え、はい。先生よくご存じですね」

そのときは、まさか相手がシャンソンの大家とは知らなかった。

「僕はね、じつはシャンソンだと思ってたの。そしたらさ、君が作ったって聞いて、驚いちゃってさ」

「ありがとうございます！」

シャンソン研究家に「シャンソンだと思ってた」って言われるのは、すごいことだったんだなと、あとで感激したものだ。

老舗料亭での宴もたけなわとなったところで、この界隈《かいわい》で有名な「流しのきんちゃん」がギターを片手に現れた。

お爺ちゃまは、誰も知らない謎の歌『アラビアの王様とお后《きさき》の歌』を歌い、蘆原先生は僕の『フレディもしくは三教街』を歌ってくださった。

僕も「きんちゃん」のギターを借りて弾《ひ》き語りで歌ったりしたが、したたか呑《の》んでいい気分になった。

その後、呼ばれて行くたびに谷川先生にはお目にかかったが、蘆原先生とはこの一回きり。

いま思えば、それがどんなに貴重なひとときだったか。

「老人力」を学ぶために、もっともっと、いろんなことを聞いておけばよかったな、と思っている。

暗い、マザコン、女性蔑視、右翼と言われた

山本健吉先生は、同郷ということですごく優しく、親切にしてくださった。

しかも、僕が世間から何故か大いに叩かれているときに、応援してくださったのだ。

『精霊流し』が暗い、『無縁坂』でマザコン、『雨やどり』で軟弱、『関白宣言』で女性蔑視と批判され叩かれたのだ。

その上、『防人《さきもり》の詩』で右翼だと言われた。

『二百三高地』という戦争映画で、しかも勝った戦争の映画の主題歌を歌ったというだけで、右翼的だというレッテルを貼られた。「戦争賛美だ」と短絡的なことを言う人が結構いたのである。

歌もちゃんと聴かずに、しかも「防人」というタイトルに反応した。それは『関白宣言』も同じで、「関白」という言葉に過剰反応した人が多かったのだ。いわれのない批判だと思っていても、さすがに僕も落ち込んでいた。それで山本先生に、

「僕なんか、たかが歌だと思ってるんですが、人格まで非難されるんですね」

と、つい弱音を吐いたら、

「いや、詩歌というのは、そういうものなんだよ。自分の人生観を賭けて歌を

歌ってるわけだから、そういうことを言う人がいるのは当然のこと。ただ君は、もういなくなった人を歌うのが非常に上手だ」

と言ってくださった。

「『精霊流し』も『無縁坂』にしても、あたかも亡き人を謳《うた》っているかのような、そんな印象を受ける。『みるくは風になった』も、『防人の詩』にしてもそうだが、いなくなった人を歌うのは、挽歌といって日本の詩歌の伝統であって真髄である。君は知ってか知らずか、心のどこかで日本の詩歌の本道をちゃんととらえている。それでいい」

と、勇気づけてくださった。

「君は間違っていないんだから、何を言われてもやりつづけなさい」と。

ひるむ必要はない。詩歌に生きた人は、そんなことでひるんだ人は一人もいない。そう励ましてくださった。

それを聞いて、肚《はら》をくくった。

大先輩の「老人力」に助けられた一言だった。
その意味で、当時の山本先生の存在は大きなものだった。

切羽詰まった中から生まれた『防人の詩』

山本先生は『防人の詩』について、「その作詞の文学として訴える力も含めて、最上の鎮魂歌（レクイエム）の一つと思われた」と書いてくださったことがある。

この歌は映画『二百三高地』の主題歌として依頼されたが、作るときにロシアとの戦争の映画だというのは、じつはあまり意識していなかった。もともと基本的にドラマであれ、映画であれ、音楽を依頼されたときに脚本は読まない。読むとそれに引っ張られてしまうので、それが嫌だからあえて読まないことにしているのだ。

ただし、プロデューサーや音楽監督に、

「これ、どんな映画ですか」

ということだけは訊く。このときは山本直純《なおずみ》さんが音楽監督だったが、直純さんから「お前、歌を書け」と言われて、「何の映画？」と訊いたら、「二百三高地だ」と。

「二百三高地の何を描くんですか。要するに〝勝った、万歳〟を描くんですか？」

「そうじゃない。戦争の勝った負けた以外の小さな人間の営《いとな》みを、ちゃんと浮き彫りにしていきたい。そういう映画なんだ」

そう聞いて、だったらやります、という話になった。

ところが、引き受けたはいいけれど、なかなか歌ができない。それで、ずるずると締め切りが近づいてきて、とうとう直純さんのマネージャーさんが、ロケ先の新潟までやってきた。

当時、僕は初主演の映画『翔《と》べイカロスの翼』という作品を撮っていた。そのロケ先まで追いかけてきたのである。

「今日いただかないと、私は帰れません」と。

本当に切羽詰《せっぱつ》まった表情で詰め寄られてしまった。

「すみません、じゃ、いまから作りますから」

「はい、お待ちしてます」

そう言って僕の部屋の前に立っている。もう、梃《てこ》でも動きません、という覚悟で。でも、そんな状況で曲作りができるわけがない。

「申し訳ないですけど、お部屋でお待ちください」

「いえ、部屋はありません。今夜の最終の汽車で帰らないと間に合わないんです」

そんなに逼迫《ひっぱく》していたのかと、びっくりした。では、お茶でも飲んでいてください、とお願いして、慌てててギターを抱《かか》えて歌作りに入った。

おしえてください
この世に生きとし生けるものの
すべての生命《いのち》に限りがあるのならば
海は死にますか　山は死にますか
風はどうですか　空もそうですか
おしえてください

この第一節が、ようやくできた。それで譜面を書く時間がなかったので、それをメロディーに乗せてカセットテープに録音し、キイを指定して渡した。

「ありがとうございます。これで私、直純に殺されずに済みます」

マネージャーさんが、そんなジョークを言って何度も何度も頭を下げてくれた。

その姿を見て、申し訳ないと思いながら、

「これは最初の一節です。これを繰り返すつもりでいますので、何回繰り返せばいいか、直純さんに聞いてください」

そうお願いしたら、翌日、直純さんから電話があり、

「おう、まさし。六つ」

それだけ言って、ガチャンと切れた。

結局、二節ずつを一番にして計三番までの長い歌になってしまった。

そしたら、直純さんと監督の舛田利雄《ますだとしお》さんが、二人でこの歌をとても気に入ってくださり、

「これはすげぇものが手に入った。これ、どうする?」

「これは全部流さなきゃダメだな」

ということになったという。

映画は百八十五分という大作で、途中に「休憩」が入る構成になっていた。その「休憩」になる前の死屍《しし》累々《るいるい》たる惨状の戦地で、あおい輝彦《てるひこ》さんが血みどろになって茫然と地獄絵図《じごくえず》の中を歩く、戦争の無惨さ、生命の尊さを問うシーンがある。

そこで流そうということになった。わざわざ、曲の長さに合わせて、そのシーンを足したのだそうだ。

このシーンがないと、映画の「肝《きも》」がなくなるという。

歌としては、これ程幸運なことは無いと思っている。

人の命はなくなっても生き続けていくもの

そもそも、『防人の詩』はギターを爪弾きながら最初の一節を渡す前は、詩もメロディもまったくゼロの状態だった。

日頃、何も考えていないわけではないが、前もってメモったりすることは、あまりない。そのときに噴き出してきたものを大切にする。

このときは、僕が映画の初主役でピエロを演じていた。もとは写真家志望でありながら、無難な人生の軌道に乗ることに背を向けて、サーカスの世界に飛び込んでキグレサーカスの花形ピエロになった青年（ピエロのクリちゃん）の実話を基にした作品だった。

しかも超満員の観衆の前で、綱渡り中に落下して死んでしまう。

映画のラストシーンで、近所の子供たちが「ピエロが死んだって？」と言うのに対し、サーカスの子が「生きてるっ！」と叫ぶ。

「ああ、そうか。こうして人の命はなくなっても、次の世代の子供の中で生き続けて、今度はその子が次の世代につないでいくんだろうな」

そんな気持ちが、ようやく自分の中で整理できた。

だからこそ、『防人の詩』のような歌、ふっと哲学的な想いのこもった作品が素直に書けたのではないかと思う。

そして、歌の四節目に書いた、

去る人があれば　来る人もあって
欠けてゆく月も　やがて満ちて来る

ここの部分は、詩の流れでいうと、書き出しの「諦観《ていかん》」から生命や人生の「無常観《むじょうかん》」へと何か一つ風穴を開ける重要な部分だ。

「これで惜しんだり悲しんだりするだけの歌ではなく、希望の歌になった」と思えたのだ。

潮の満干《みちひ》きとか、月の満ち欠けを、悲観的に捉えずに前向きに捉える。一つの命に対する感じ方が、そのときに大きく動いていたのではないだろうか。

それは僕が二十代の後半に、今里先生や山本先生、小説家として六十二歳で芥川賞を受賞した森敦《もりあつし》先生といった「じじぃ」との出会いがあったからだと思う。

「こんなじじぃたちに出会って幸せだったな」と思い始めた頃だった。

それまで迷っていたことに、もう迷わなくなった。むしろ、

「あんな素敵なじじぃになるためには、人生このペースだと間に合わんぞ」

と思うようになった。

山本健吉になるには、読書量がまったく足りない。森敦になるためには、旅も酒の量も足りない。今里広記になるには、元から才能が違い過ぎる、と。

そう思って、自分自身を叱咤《しった》する。

素敵な「じじぃ」をめざして、つねに前向きであろうと意識してきたのである。

自分のペースで淡々と積み上げていくこと

山本健吉先生は、必ず僕のコンサートに来てくださった。

それも奥さんとお嬢さんと一緒に。いまでも、お嬢さんの安見子《やすみこ》さんは必ず来てくれる。僕は親しみをこめて「お姉ちゃん」と呼ばせていただいているのだ。先生が亡くなったときは、僕が遺影を抱かせていただき、畏れ多いことに長男役を務めることになった。それが、もう三十一年前のことになる。

山本先生の持っていた「老人力」といえば、積み上げる速度をゆるめないところだろう。歳を取ると、それがだんだん遅くなっていくものだが、先生はそれを苦痛に感じない。「昔の自分はできたのに」という苛立ちを見せないのだ。

優れた「老人力」を持った人は、いまの自分のペースで淡々と積み上げていくのである。

「昔の俺は……」などとは、絶対に言わない。そこが何よりも素晴らしい。

先生と一緒に長崎を旅したこともあった。

日本最古の黄檗宗《おうばくしゅう》の寺院「興福寺《こうふくじ》」に、斎藤茂吉《もきち》の歌碑がある。茂吉は長崎医学専門学校（医大）教授として、大正六（一九一七）年冬から三年ほど長崎に住んだことがあり、山門を入ったところの木立の中に、

「長崎の昼しづかなる唐寺や　思ひいづれば白きさるすべりの花」

と刻まれた歌碑が建っている。

その興福寺で長崎を考えるシンポジウムがあって、僕が強引に「先生、来てください」とお願いしたことがあった。そうしたら、

「ああ、久しぶりに行こうか」

と来てくださったのだ。

シンポジウムが散会してから、先生と二人でしばらく興福寺の中を散歩した。

ゆったりとしたペースで歩きながら、

「故郷って、先生にとってはどういう町ですか?」

と突然質問したら、いつもは「うーん」と、一呼吸おいて必ず空を見上げる方なのだが、このときは即座に、

「母の町」

とおっしゃった。

「母の町とは、どういうことですか。お母さんの生まれた町が故郷という意味ですか?」

「いや、違うなぁ」

そう言って、しばらくまた歩いていて、突然思い立ったようにふと空を見上げた。

いったん自分で投げたものを、もう一回自分で検証して、もう一つ先に投げていく。その積み重ねこそ老人力というものだろう。

そして、先生はふと立ち止まって、

「町が僕を覚えてくれている町」

と言われた。

「はぁ、町が僕を覚えてくれているんですか？」

当時は僕も若かったから、その言葉の意味がわからなかったのだ。

その後のあるとき、一人で懐かしい道をふらりと歩いたことがあった。

かつて小学生のときに、ずっとヴァイオリンの先生のところに通った寺町通りというのがある。その通りのお寺の庫裏《くり》の明り取りというか、風通しの窓の上のところに変な傷があった。それが目に入ったとき、

「あ、子供の頃からあの傷はあそこにあった。全然変わっていない」

そう思ったときに、「町が自分を覚えてくれているとは、こういうことなんだ」と納得できた。その壁の傷が、

「お前のことを覚えてるよ」

と話しかけてくれるような気がしたのだ。山本先生が言っていたのは、これかと。

その先生の言葉がずっと耳の中に残っていて、『望郷』という歌が生まれた。

故郷　母の生まれた町
はじめて　人を愛した町
はじめて　人を怨んだ町
はじめて　人と別れた町……

これが、故郷に対する僕なりのひとつの答えである。

自分の魂が帰りたいなと思う町

ただし、それはひとつの答えであって、結論ではない。

というのは、同じ質問を長崎市出身の森敦先生にもしたことがあるのだ。森先生は二人きりの「差し飲み」が好きな人だったので、いつも飲むときは二人きりだった。炬燵《こたつ》に入って、料理屋のあんまり広くない座敷で、盃をやったり取ったりしながら酒を飲む。

森先生も、懐《ふところ》の深い「老人力」にあふれた人だった。

チェーンスモーカーだから、ずっとタバコを吸いながら、もうもうとした煙の中で話をする。いろいろなことを教えていただいたが、あるとき、

「梶井基次郎《かじいもとじろう》ってどんな人でしたか?」

と訊いたことがある。梶井基次郎は森先生の青年時代の文学仲間だ。

そうしたら、まず、

「梶井に憧れる気持ちは、君の歌を聴いててよくわかるよ」

そしてそのあとで、

「君の中に梶井は生きてますよ」と、おっしゃった。

胸が震《ふる》えた。

「で、どんな人でしたか?」

「いやぁ、あんな人だよ」

つまり、作品そのまんまの人だったということだ。

そんな話のついでに、

「先生、故郷ってどんな町ですか」

と訊いたら、酒を呑みながらモソモソ、モソモソと、

「うーん、故郷ねぇ」と言いながら別の話になる。そして何かの拍子に、思い

出したように、

「故郷とはね、さだ君。自分の魂が帰りたいなと思う町だよ」

と答えてくださったのだ。

「自分の故郷というのは、生まれただけではない。自分の魂が帰りたいと願う町が故郷だよ。そこで生まれなくてもいいんだよ」と。

それを聞いて、「なるほど、放浪の作家・森敦らしい、素晴らしい言葉だ」という感動を覚えた。

同じ故郷に対する想いでも、山本先生は母によって生まれたことを感謝し、故郷に重ね合わせる見方をしている。ところが、森先生は故郷に受け入れられずに、あるいは受け入れず、放浪した果てに見つけた町に故郷を感じている。

その意味で、故郷の在《あ》り方は一人一人違うのだ、ということを教わった。

僕自身もコンサートやイベントなどで、日本国中を旅していると、森先生の気持ちがわかるようになった。

だから、森先生はこんな気持ちだったんだなと思うし、山本先生の一途な想いもわかる。その両方がわかるだけに、同じ質問を自分自身にしたときに、

「あぁ、僕はなんて答えるだろうか」

と考えてしまうことがある。

母が亡くなって、長崎へ帰る言い訳を失ったことも、僕の中では非常に大きな影響を残している。

「ちょっとお袋の顔を見に帰って来るわ」

と言えば、これまで僕の周りの全員が「どうぞ、どうぞ」と言ってくれた。

ところが、

「墓参りに帰って来るわ」

というのは、どうも温度が下がる。母が生きているときや、両親が生きているときは別だったが、両親がいなくなったら、なぜか故郷がふいに遠ざかるような気がした。

だから、故郷に対する結論は、まだ出ていない。

人生の節目節目で支えられた特別な場所

故郷に関しては、こんな話がある。

以前、僕がある呼吸器系のお医者さんから聞いた話だ。人間の不思議というのはいっぱいあるけれど、母の羊水の中でへその緒を通して呼吸していた生き物が、産道を通って表に出てきて、最初に何をするのか。

ふつうに考えたら最初に息を吸いそうだけれども、じつは息を吸うのではなくて、吐き出すのだという。

「おぎゃー」と声を出して吐くことで、呼吸の弁がポンと開く。じつは第一呼吸で初めて空気が入ってくる。

空気が肺に入って、二呼吸目には出て来るのだが、肺の細胞は複雑にできていて、そのときの空気が微《かす》かに肺胞の奥に残る、というのだ。

そしてそれは、そのまま一生入れ替わらないという説がある、と。

「それは面白い。故郷に帰ると、なんか体が馴染《なじ》むのは肺に残った空気のせいなんですね」

その話は、僕もすごく印象に残っている。

「では、生まれたての赤ん坊の前でおならなんかしないほうがいい。クサい奴になる」

なんて冗談も言ったりしたが、故郷というのは、複雑な想いが入り交じっている。

単純に、自分が生まれ育ったというだけでは愛せない。逆に、生まれて育ったから憎む人も多い。

僕は両親がいてくれたおかげで、自分の人生で困ったらいつも長崎に逃げ帰った。何かあると、尻尾を巻いて都会から長崎に逃げ帰る人生だったのだ。病気になったときも、莫大な借金を抱えたときも、長崎に帰るということは、負けて帰ることだった。

そして、長崎でもういっぺん自分というものを見つめ直して、また出て行くということを何度も繰り返してきた。

僕にとって故郷・長崎は、ただ生まれて育ったというだけではない、人生の節目節目で支えてくれた特別な場所だ。

この町の歴史の上の面白さや悲しさも全部ひっくるめて、すごい町に生まれたなと思っている。

勝ったほうではなく、負けたほうだけに痛みが残る

観光客の方から「長崎は異国情緒あふれる素敵な町ですね」とよく言われる。

僕ら長崎出身の者から見ると、特別感はないのだが、これまでふつうだと思って過ごしてきたことが、ふつうではなかったことに、東京に出てきてから気づく。

たとえば、長崎港にアメリカ軍の船が月に一度くらいやって来る。僕らの少年時代は終戦から何年か経っていたけれど「Give me chocolate.」の時代であった。でも、僕は子供の直観で「Give me」という言葉が嫌で、どうしても言えなかった。

仲間がみんなお菓子でポケットをいっぱいに膨らませているのを見て、うらやましい反面、強い嫌悪感を抱《いだ》いたこともあった。

「原爆を落とした国の兵隊にお菓子をもらって、よく喜んでいられるな」という怒りのほうが強かった。そのくせ、お菓子が欲しいのも事実だった。

ある日、米海軍の軍艦「プロビデンス」号が入港してきた。友達と一緒に走って行ったが、僕はついにアメリカ兵に話しかけることができなかった。そんな僕に、友達が自分のもらったお菓子をポンと投げてくれた。

ハーシーの板チョコレートだった。

これは自分がアメリカ兵に物乞いしたのではなくて、友達からもらったという言い訳はできる。妹や弟にあげたら喜ぶだろうなと思って、ポケットに入れてコソコソ持って帰ろうとした。

でも、なぜか祖母や両親に対して「恥ずかしい」という想いが湧き上がってきた。

いまはもう撤去されてしまったが、グラバーの鉄橋を渡るときに、思い切って海に捨ててしまおうかと思った。ただ、海の中だと完全に消えてなくなってしまうな、という残念な気持ちもあった。

ふと見たら、鉄橋の両側に鉄の鋲が打ってある欄干《らんかん》のようなものが目に入った。ここに置いておけば、誰かが見つけて食べるかもしれない。そう思って、チョコレートを欄干にそっと置いて、後ろを振り返らずに鉄橋の上を走って家に帰った。その光景をいまも鮮明に覚えている。

その後、大人になってから、あのときの軍艦名「プロビデンス」のことを知った。ロードアイランド州プロビデンスの地名に因《ちな》んだというほかに、「神の恵み」という意味があることがわかってショックを受けたのだ。

戦争に使われる軍艦に「神の恵み」と名づける感覚は、僕には理解できなかった。

「戦争に勝った国らしいな」といえば、それまでかもしれない。勝ったほうには痛みは残らないが、負けたほうにだけ痛みが残る。

これは学校での「いじめ」も同じだ。いじめた側には何一つ残っていないし、いじめたことすら忘れていることがある。いじめられた側にだけ、癒《いや》しきれない傷が残るのだ。

残酷だけれど、人間というのはそういうところがある。知らず識らずのうちに、人を傷つけていることもあるのだ。

あの日、グラバーの鉄橋に置き去りにした、ハーシーの板チョコレート。

それを思い出すたびに、複雑な想いがよみがえってくる。

憧れのじじぃになるためにすべきこと

「老人力」のある素敵な先生方との出会いがあって、ふと思ったことがある。

「こういうじじぃになるには、何をしなきゃいけないのか?」と。

そのためには、もっと人に会わなければいけない。もっと話をしなければいけない。もっと遊ばなければいけない。もっと無茶しなければいけない——そう思ったのだ。

僕が軽井沢《かるいざわ》のホテルに曲作りに行っているとき、

「君が曲作りに来てるっていうから、遊びに来たよ」

と今里さんがやって来た。

「曲作りするのはどうせ夜だろう、昼間は遊ぼう」

と食事に誘われた。

「昼はね、小諸《こもろ》のほうに鮎を食べに行くから」

「はい、わかりました」

何時においで、と言われて時間どおりにロビーに降りていくと、

「じゃ、鮎食べに行こうね」

見ると新橋の芸者さんを連れてきていて、みんなでワイワイ繰り出す。お店はたぶん鮎料理の名店なのだろう。すべて鮎尽くしで、鮎以外なにも出てこない。

「鮎食べるっていっても、ふつう別のものも出てくるでしょ?」

と今里さんに抗議すると、

「だって鮎食べに来たんだもん」

「いや、お爺ちゃま、鮎ばっかり食べてられないでしょ？」

「鮎、美味《おい》しいじゃないか」

頑固一徹。こうと決めたら、梃《てこ》でも動かない。気骨の人である。

「わかりました、鮎食います」

僕はとうとう吹き出した。美味しい鮎なのは、確かだ。

食べ終わって、帰りの車の中で、

「さだ君、夜は何が食べたい？」

「鮎以外だったら何でもいいです」

そう答えるしかない。

「じゃあ、すき焼きでもいい？」

「すき焼き、最高じゃないですか！」

それで、約束の時間にお店に出かけたら、床《とこ》の間《ま》を背にして、二人ばかり偉

そうなじぃが座っていた。僕は接待する側だから、お爺ちゃまと末席にいる。すき焼きを食べながら、

「お爺ちゃま、右端の真っ黒い小男の変なオヤジ、誰？」

「君は川口松太郎《まつたろう》先生を知らないのか？」

「え、『愛染《あいぜん》かつら』の？　すごいじゃん」

映画『愛染かつら』の原作者で小説家、劇作家として活躍されていた川口先生を変なオヤジと言った自分に驚いたくらいだ。

「で、真ん中の白髪のさ、背の高いあのじじぃは誰？」

「画家の梅原龍三郎《うめはらりゆうざぶろう》先生だよ。知らないのか？」

「知らない。いま、富士山描いてもらっていい？」

「駄目だ！」

まるで小噺《こばなし》みたいだけど、嘘じゃない。

不思議だった。

川口松太郎と梅原龍三郎と、すき焼き一緒に食べたんだな、と懐かしく思い出す。同じ場所にいるだけで、憧れと畏敬の念を抱く「老人力」をもった人たちばかりだった。

第四章

素敵な「じじぃ」として尊敬する文人たち

人生には熟成に必要な期間がある

世間的に、大作家ほど偏屈だと思われている。

そんな中で、安岡章太郎《やすおかしようたろう》先生も、なかなかの「じじぃ」であった。

安岡先生といえば、「第三の新人」世代の作家で、芥川賞をはじめ大佛次郎《おさらぎじろう》賞や伊藤整《いとうせい》文学賞選考委員も務めた人である。

昭和五十八（一九八三）年に山梨県清春芸術村の施設として「清春白樺美術館」がオープンし、その一周年記念イベントがあったとき、僕もお招きいただいて出かけた。そのとき出会ったのが安岡先生だった。

僕の顔を見るなり、

「お前、さだまさしだろう」

「はい、そうです」

「俺はお前が大嫌いだ」

開口一番、そう言われた。

「どうもすみません。何かお気障《きざわ》りなことでもありましたでしょうか？」

とりあえず謝った。でも、なんで叱られているのか、よくわからない。

「お前の歌を聞いてると、気障りで気障りでしょうがねえんだ。こっち来い」

そう言われて、脇のほうに引っ張られた。そこで、なぜ嫌いなのかを懇々《こんこん》と説教されるんだな、と覚悟した。ところが、

「飲めっ」と言う。

何がどうなっているんだか、よくわからないことになってきた。

「先生、僕のこと嫌いなんですよね？」

「嫌いだ、俺はお前が大嫌いだ。お前の歌なんかね、本当にあんなものは嫌いだ」

「わかりました。どうもすみませんでした」

「いいから、飲め」

「はい。何が駄目ですか？」

「お前、井伏鱒二《いぶせますじ》『厄除《やくよ》け詩集』の、『つくだ煮の小魚』を読んだか？」

「いや、知りません」

「だから俺はお前が嫌いだ。『厄除け詩集』を読め。いま読め」

こうなると脅迫である。先生が酔っぱらっているのはわかるのだが、このまま振り払って立ち去るわけにもいかない。

「いま、本がありません」

「じゃあ、帰って読め。あの中に『つくだ煮の小魚』っていう詩があるから、あれをよく読め。あれが、さだまさしなんだ」

「先生、おっしゃってる意味がよくわかりません」

「読めばわかる。いいか、『つくだ煮の小魚』が、さだまさしなんだ。お前が曲を書かないと誰も書けない。お前が曲を書け」

「『つくだ煮の小魚』に、僕が曲を書くんですか？」

「あれは、さだまさしなんだ。まだ、わかんねえのか」

「わかりません」

「だからお前が嫌いなんだ。いま、井伏先生が隣の建物にいるから一緒に来い」

というわけで、また手を引っ張られて、井伏先生の席に行った。

「頭下げろ。井伏先生、こいつね、さだまさしってケチな歌手なんです。ちょっと売れてるから図に乗ってこんなんですけどね。俺がね、ちょっと目をかけてるんですよ」

全然さっきとは話が違いますよ、先生。

「私はね、この男はね、ちょっといいなと思ってるんですよ」

「ふうん」と井伏先生。

「それでね、こいつが先生の『つくだ煮の小魚』が好きで、大好きで。あれに曲がつけたくてしょうがないから、俺に頼んでくれって言うんですよ」

思いがけない展開に目が点になる。

「先生、いいですね、こいつに曲作らせますよ。ほら、先生がいいって言ってくださった。頭下げろ、頭。先生、約束しましたよ」

何が何だかわからないうちに、話がドンドン進んでいって、いつの間にか僕が曲を作る話がまとまってしまっていた。

「よし、許可もらったな。飲もう」

そう言って、また元の席に戻って、ただ飲ませるだけ。しかも飲みながら、

「お前、小説書け」

と仰る。

「小説は書けないですよ、先生」

「いや、書ける。お前の歌は短編小説になってるから」

いつの間にか、嫌いな僕を褒めてくださっている。そして、さらに、

「『三田文学』に載せてやるから、短編でいいから俺のところに持ってこい」

そう言われても、短編小説なんて書けないし、名刺さえ渡してくれないから、どこに持って行けばいいかわからない。そのうえ、お前なんか大嫌いだと言われているのだ。

これは酒の上の勢いだなと、僕は心の中で握りつぶした。

小説も持って行けないうちに、時間だけがあっという間に過ぎてしまった。『つくだ煮の小魚』に曲をつけたのは、約束してから二十数年も経った後のことだ。ようやく約束が果たせた、という感じだった。

じつは、そのとき安岡先生はご存命でいらしたのだが、ご高齢になられ、上手に僕の想いは伝わらなかった。ただ、ライナーノーツには曲ができるまでのいきさつを書いたので、先生のお嬢様が喜んでくださったと聞いている。

あのとき、安岡先生の言われるままに小説を書いて持って行っていたら、僕の人生は少し変わっていたのだろうか。そう考えると、複雑な気持ちになる。

初めての長編小説『精霊流し』で小説家デビューしたのは、お会いしてから十七年後の二〇〇一年のことだった。

十七年という歳月は、たしかに長い。

最高峰といえる「じじぃ」との出会い

清春芸術村で安岡先生にご紹介いただいた、あの井伏鱒二先生のお宅に伺ったことがある。

ある出版社の企画で、井伏先生の詩を朗読することになったのだ。好きな詩集を二つ選べと言われて宮沢賢治の『春と修羅』と井伏先生の『厄除け詩集』を選んだ。

そうしたら、当時はカセットテープだったから『厄除け詩集』が短すぎて、

A面とB面の長さが違いすぎる。では、空いているところに井伏先生との対談を入れようというので、先生の荻窪（東京都杉並区）のお宅に出かけて行ったのである。

そのとき井伏先生は自選全集を出されていて、僕はもちろんそれを持っていた。それが、有名な『山椒魚《さんしょううお》』の最後の十数行を自ら削ってしまったことで文壇に大議論を巻き起こした作品集だった。僕はまだ小説を書くつもりもなかったから、そんな文壇の事情もまったく知らなかった。

僕はびっくりして、思わず訊いてしまったのだ。

「先生、何故ご自身であの名作に手を入れられたことにされたんですか？」

そんな質問は絶対に評論家や小説家はしないし、訊けないはずだ。でも僕は、文壇事情にも疎《うと》いから、馬鹿正直に訊いてしまったのだ。

そうしたら、先生はすごく恥ずかしそうに、

「だって、あれだと出られないもの」と仰る。

「え？　何がですか」

「だって出られないだろう」

「山椒魚と蛙のことですか？」

「そうだよ。出してあげられるのは僕しかいないんだもの。あれじゃ可哀想だもの」

九十歳の大作家・井伏鱒二先生は、そう宣《のたま》ったのである。

そうしたら同席していた、自選全集を出した出版社のスタッフたちが、バタバタと慌てだした。なぜなら文芸評論家たちの議論が、この一言で全部ひっくり返ってしまうからだ。バタバタしている姿を横目で見ながら、僕は思わず笑ってしまった。

「でも先生、あれですよ、出られないのが『山椒魚』って、僕ら教わったんですよ」

「そうなの？」

「そうですよ。僕はあれ、出られないのが『山椒魚』だと教わりましたけど」

「そう? 出られないから『山椒魚』なの?」

「僕はそういうふうに教わりました」

「そうか、出られないから『山椒魚』なの?」

そう言いながら、井伏先生はにこにこと幾度もうなずいた。

出版社の人たちが、

「じゃあ、面白い話をたくさんいただけましたので、このへんで」

とか言って帰ろうとする。ところが、先生はそう簡単に帰してくれない。

「おい、おい」と奥さんを呼んで、「お酒持っておいで」と。

「お酒?」

「こんな日はね、飲まなきゃ駄目だ」

「いや、先生、まだ午後三時になってないんですが」

「三時だろうが四時だろうが、飲まなきゃいけない日は飲むんだ」

「はい、いただきます」

そう返事をした。当然の成り行きである。

ロックグラスが全員に配られ、名酒ロイヤルサルートが袋から出された。蓋を開けて、先生が全員に注《つ》いでくださるのだが、その注ぎ方たるや、ボトルをグラス真上で逆さまにして、豪快に一振り！　まるで、フリカケをかけるみたいに。

それを見ながら、「檀一雄《だんかずお》にもこうやって注いだのかな？」とか「芥川龍之介《あくたがわりゅうのすけ》もこうやって注がれたのかな？」――そう思ったら、感動に震えた。

しかも、先生は僕が一杯飲む間に、二杯飲む。

「先生、まだまだ現役ですねぇ」

「えっ、僕、現役？」

「その飲み方は現役ですよ。僕が一杯飲む間に、先生は二杯ですよ」

「そう？　僕、現役？　現役ってのはいい言葉だね。うん、現役、現役かぁ」

ずっと「現役、現役」って言いながら飲んでいる。

担当の出版社の人に言わせると、この日は「格別に機嫌がよかった」のだそうだ。ふつうはあり得ないという。

「さださん、運がいいですね」

と言われたが、『山椒魚』の秘密なんぞを聞き出して、軽い一言で文学史を塗り替えるような話に発展してしまったのだ。

ある意味で、文学史上の「事件」と言えるかもしれないが、このときのお話はエキサイティングで面白かった。感動して帰りながら、

「すげえ、井伏鱒二に酒ご馳走になったよ、檀一雄や芥川龍之介と同じだよ」

と改めて興奮して、同行していたアホなマネージャーに感想を訊いたら、

「ばばぁみたいなじじぃでしたね」

と言う。ああ、価値のわからない奴にはまさに猫に小判、豚に真珠。ヒザが折れた。

しかし、こうして有名な老人たちに大勢会ってみて、自分の道を究《きわ》めた人というのは、どこかヘンな人だということがわかった。みんなヘンだが、その「ヘン」が異常で素晴らしい。

その点においても、井伏先生は最高峰の「じじぃ」だったと思う。

人間の完成形はおばあちゃんだ

僕は、お年寄りと仲良くなるのが好きだ。

旅に行ってもお年寄りとばかり友達になっていた。そういうお年寄りたちを見ていて、僕はある日ふと気がついた。

「ああそうか、人間の完成形っておばあちゃんなんだな」と。

男というのは、言ってしまえば、オスとしての機能が衰えた瞬間に、もうどこに行っていいかわからなくなる。ところが、女性は違う。

女性ホルモンがある程度の曲がり角に来ると、今度は突然更年期《こうねんき》がやって来る。そこで障害が出る人もいれば出ない人もいるが、おばあちゃんたちはそこを突き抜け、何事もなかったかのように笑顔で振る舞っている。そんなおばあちゃんたちの姿を見て、僕は「おばあちゃんこそが人間の完成形なんだな」と思ったのだ。

人間の完成形として尊敬すべきは、あの瀬戸内寂聴《せとうちじやくちよう》先生である。

僕は、東日本大震災を間に挟んで二回にわたって、寂聴さんと対談させていただいた。寂聴さんは、文化勲章を受章した作家であり、天台宗《てんだいしゆう》の尼僧でもあり、もう卒寿《そつじゆ》をとうに超えられた、いわば「スーパーウーマン」だ。

その寂聴さんという人を見たり聞いたりするにつけて、この人は天才的な人間の抜け方をしているなと思った。人間として完成している、と。

それで、どうしてもお会いしたくて、僕のほうから押しかけて行き、対談をしていただいた。

あんな破天荒《はてんこう》な青春を生きた女性が、「仏門に入る」と聞いたときには、何を今さら、と思っていた。ところが、実際にお会いしてみると、見事な自然体。「寂聴」という法号を与えたのは、今東光《こんとうこう》さんだ。天台宗の僧侶であり、小説家でもあり、参議院議員も務められた人である。寂聴さんが得度《とくど》する前の、瀬戸内晴美《はるみ》時代の小説はもちろん読んでいたし、今さんの小説も読んではいた。もっとも、その感想はというと「好色なお坊さんだな」という単純なものだった。

しかし、確かに描写は赤裸々《せきらら》だけれど、いま思えば、誰もが心の中に持っているものを、すごく上手に描いた人だった。瀬戸内晴美にもそういうところがあったと思う。

赤裸々に見えるけれども、真の尊さ、生き物としての正直さみたいなものを追求していた。その求道《ぐどう》精神には、自分の歩く道の汚さみたいなものに、自分で辟易《へきえき》しながら自分でそれを笑うという強さが十分に感じられた。

寂聴さんに実際に会ってみたら、見事に突き抜けていて、この人は若い頃からきっとこういう人だったんだな、と思った。だったら、多くの男にモテたはずだ、と。

この時、恋愛について語っていたら、

「私はもうお坊さんになったから、恋愛はできないんだけどね」

そう言われたときには、びっくりした。

ふつうだったら、

「もうおばあちゃんになってしまったから、恋愛なんかできない」

と言いそうなものだ。

ところが、そうじゃなかった。まだまだ十分に艶《つや》があって色気もある。でも仏道に入ったから恋愛を封印したというのだ。

その一言を聞いて、

「ああ、これが瀬戸内寂聴だ」と思った。

「やっぱりこの人はすごい！」

と改めて思ったのだ。

その色っぽさが「やばいばばぁ」たる所以《ゆえん》である。

好奇心とエネルギーにあふれた寂聴さん

寂聴さんは、今東光さんに出家の相談に行ったときに、こう訊かれたという。

「お前さん、覚悟はあるのかい」と。

それに対して、寂聴さんは、「その覚悟はできております」と答える。

あれだけ奔放《ほんぽう》な女性を生きてきた人が、もう女性を抜きにして生きるという覚悟をしているのだ。これは並大抵の覚悟ではない。きっと女性だからこそできるのだろう。

男にはたぶん無理ではないか、と思う。男というものは、いつまでも諦めが悪く、浅ましくもいじらしく、実に情けない存在なのだ。男女関係でもそうだ。女性が、何でもスッパリと見事に割り切れる。

女性は、何でもスッパリと見事に割り切れる。男女関係でもそうだ。女性が一度何かを決断したら、そのときは綺麗に切り捨ててしまう。

ところが、男のほうは綺麗に切り捨てることができない。なんとかして綺麗につながっていたいと思うのだ。そこが、男と女の違うところ。その差は大きい。

寂聴さんの「寂」という字は、今東光さんが選んだという。

よくぞ選んだと感動さえ覚える。寂聴とは「静けさを聴く」という意味であり、「仏道の修行によって生死を超越した悟りの境地に入る」という意味も併《あわ》せ持つ。

寂聴さんはそれまで、静けさとは正反対に奔放に生きてきたのだから、出家するには相当の覚悟が必要だったはずだ。

だからこそ、今東光さんは「ほんとにその覚悟はあるのかい」と問うと同時に、その覚悟を厳しく突きつけるために「寂聴」という法号を与えたのではないか。それを受け止めた寂聴さんの「決断力」と「老人力」には、ほんとうに感服に値する。

とはいえ、寂聴さんは決して「欲」をなくしてはいない。それは若い頃の性欲のようなドロドロしたものではなくて、もっと違うものに変化していると思う。お坊さんという制約はあるけれど、あるがままに生きている。だからこそ、寂聴さんという存在は、やはり人間の完成形だと思わざるを得ない。

寂聴さんには強い好奇心があって、それがいままでの自分を捨てて、まったく違う方向へ向かわせるエネルギーになったのではないかと思う。一時は、若い作家の先陣を切ってスマホ小説を書いたりしていたくらいだ。

「この人は、まだまだ死ぬ気なんかない」ということが、よくわかった。

絶対に百二十歳まで生きる、と僕は思っている。

極楽なんて善人しかいないつまらない世界

寂聴さんとの対談では、印象深いお話がたくさんあった。

その中のひとつが、地獄《じごく》と極楽《ごくらく》の話だった。

「僕なんて地獄に行っちゃうしかない」

そう言ったら、寂聴さんは笑いながらこう言ったのだ。

「極楽なんて、あなた、善人しかいないとこなのよ。そんなつまんない世界ないでしょ」

その言葉を聞いて、思わず膝を打って感動した。

池波正太郎《いけなみしょうたろう》の小説の世界のように、悪いことをしながら善を為《な》し、善人と思われている奴《やつ》がつい悪いことをする、というのが人間なのだなと思う。

自分の「倫理観」とか「生活観」だけで人を判断するのは安易すぎる。若いうちは、そんな狭苦しい「価値観」を振り回して友達を失ってしまったりするのだ。

いまになってみると、「歳《とし》を取る前に知っておきたかった」と思うことがいっぱいある。若い子たちには「年寄りの話はちゃんと聞いとけよ」と、いま一所懸命に伝えようとしている。老人は、まさに人生の先達なのだ。

ちなみに、

「寂聴さんの健康の秘訣は？」と訊いたら、

「週に一回はお肉を食べなきゃダメ」

と仰った。

それも長生きと健康を支える体験的な教えのひとつだ。実際、歳を取っても元気な人は、みんな肉を食べている。

僕の母は九十歳で亡くなったが、元気なときは常に「肉、肉」と言っていた。

「お袋、何食べに行く？」

そう訊くと、答えは決まって「肉」。鉄板焼きが好きで、ステーキを焼いて、晩年はそれを小さく切ってもらって、ちょっとずつだけど綺麗に一人前を食べていた。

「お袋、小型の掃除機みたいだな」

そう言ったら、母は、

「あんた、ひどかねぇ」

と言いながら、大笑いをした。洒落のわかる人だった。

晩年の母はパーキンソン病を患《わずら》っていたので、茶碗やカップを持つ手が震えたりする。

それを見て僕の子供たちは、けっして悪気はないのだが、

「おばあちゃん、お砂糖混ぜなくてもいいよね」

と、からかう。

母は、怒るわけでもなく、

「いやらしかね、あんたたちは」

ゲラゲラ笑って紅茶を飲んでいた。

そんな明るい「老人力」が、次の世代の人たちを育てるのだ。

遠藤周作先生からもらった〝霧が晴れる言葉〟

「老人力」といえば、作家の遠藤周作《えんどうしゅうさく》先生にも、びっくりさせられた。

遠藤先生が、あるテレビ番組のホストをしていらっしゃったときの話だ。

「ゲストに来い」

と、突然先生から呼び出しを受けた。

本当はめちゃくちゃ忙しかったが、先生から声を掛けられて行かないわけにはいかない。何とか都合をつけて、テレビ局に駆けつけた。

すると、開口一番、

「君は同じ仕事をやってる同じぐらいの歳の連中に嫌われとるだろ」と言う。

まさに図星だった。その慧眼《けいがん》には驚いたが、「なぜそんなことがわかるのだろう」と、

「先生、よくわかりますね。何にも悪いことをしていないのに、なぜか嫌われるんです」

つい本音を漏らすと、先生は頷きながら、

「そうだろう。俺もそうだったんだよ」

と悪戯《いたずら》っ子のような笑い顔を見せてくれた。

その笑顔に、僕は癒された気持ちと親近感を覚えた。

「でも、なぜなんですかね?」

先生との間に思わぬ共通点が見つかったことで、すっかり遠慮も忘れて、そんなことを平気で尋ねた。

「これはオフレコだけど、男のあれだ、嫉妬《しっと》だよ。だから、気をつけたほうがいいぞ」

先生のその指摘も、僕には驚きであった。

「男の嫉妬ですか……」

そう言いながらも、自分を取り巻く人間関係が、霧が晴れていくように次第にくっきりと見えてきたのだ。

いま振り返ってみると、先生のその一言があったからこそ、迷いながらも勇気を持って、自分の道を真っ直ぐ歩きつづけることができたような気がする。

自分で思う価値観と、世間が自分を見ている価値観とのずれがあり、そのずれに躓《つまず》かないように生きていく勇気が大切なのだろう。

挫折を繰り返している人間は、「最低の自分」を知っているから楽だともいえる。

人に言えないほど恥ずかしい思いをした人は、ちやほやされたり、尊大に振る舞うことに、むず痒さを感じてしまうはずだ。人には、有名になり、有頂天でそのまま突き進んでいける人と、そこから奈落に落ちてしまう人がいる。僕の場合には自分が本当の最悪の最低なやつだ、というところで自分の線引きができているので、まぁ楽といえば楽である。

そういえば、その遠藤先生からも、安岡章太郎先生と同じように、

「お前、小説を書け」

と言われたことがある。

いくら大作家に言われたとしても、すぐにそんな畏《おそ》れ多いことはできない。いつか書こうと思っているうちに、気がついたら皆さん旅立っていかれた。

そんなこんなで、僕は四十九歳にしてようやく小説を書くようになったというわけである。

第五章

芸能界に煌めく「やばい老人」たち

至宝といえる話芸を持ち合わせた「じじぃ」

『夢であいましょう』といえば、永六輔《えいろくすけ》さんである。

惜しくも二〇一六年に亡くなられたが、永さんは放送作家、作詞家、タレント、随筆家とマルチに活躍した人であった。放送文化の開拓者であり、歴史を作った人だから、僕は日本の「至宝」だと思っている。

永さんは、違うことは、はっきりと「違う！」と主張する人だったから、偏屈な「じじぃ」という見方もあったかもしれない。

だが永さんの場合は、それが独特の「老人力」になっていた。

「まさし、この話知ってる？」

そう訊かれて、「ああ、知ってます」って言うと、すごく不機嫌になる。

「まさし、この話は聞いたことある？」

「あ、いや、知らないですね」

そう答えると、嬉しそうな顔をして、

「あ、そう。その話、してもいい？」

「お願いします」

そんなふうにして、楽しい会話が始まる。


永さんの話は、同じ話でも二回目のほうが面白い。話が練《ね》れてくるのだ。といっても、作り話をしているわけではない。若干の脚色はあっても、けっして嘘はついていない。

まずは事実がベース。ちゃんと実際にあったことを話すのだが、それを面白おかしくエンターテインメントにしてしまう。そこが永さんの話芸である。

「ああ、こうしてトークというのは成長するんだな」

僕は永さんの話を聞きながら、トークのテクニックを教わった。

その中のひとつに、こんな話がある。

永さんはあるとき、清朝再興《しんちょう》の一味の人とすれ違いざまに、そっと囁《ささや》かれたという。

「川島芳子《かわしまよしこ》は生きてますよ」と。

ご存じのとおり、川島芳子は清朝の王女として生まれながら、戦中、日本軍に協力してスパイとして暗躍《あんやく》した女性である。男装の麗人とも、東洋のマタハリとも言われたが、終戦後に中国の国民政府軍によって捕らえられ、銃殺された。

永さんの話は、「川島芳子が生きている」と囁かれた場面から一気に飛ぶ。

「目隠しをされて、知らないうちに台湾にいた」というのだ。

「そんないい加減な。永さん、知らないうちに台湾にいたなんて、それはないでしょ」

僕がそう言うと、永さんは断固として言い張る。

「いや、僕は台湾にいたんだよ」と。

パスポートはどうしたとか、飛行機はどうしたとか、そういうことは永さんにとってはどうでもいい。ともかく目隠しされて、そういう人たちが集まっているところへ連れて行かれた。そこでいろんな話を聞いた。その本拠地が台湾にあるというので、台湾へ行った。

そんな流れで、「知らないうちに台湾にいた」というところにつながるわけだ。

僕は、この話を聞いて、

「あ、そうか。小説ならばこれでいいんだな」と思った。

事実としては、川島芳子は殺されたのかもしれない。だけど、清朝の皇族の第十四王女だから、簡単に殺されるはずがないともいえる。

僕の父も以前から「銃殺された川島芳子は偽者《にせもの》じゃないか」と言っていた。

どこかのテレビ局で「川島芳子生存説」を検証するドキュメンタリー番組が制

作されたこともある。

もしかしたら、永さんの話がネタ元になっているのではないだろうか。川島芳子が銃殺されたとき、なぜか髪が長かったという。男装の麗人なのだから、長い髪をしているはずがないにもかかわらず、である。

好奇心あふれる永さんは、他にこんな話もしてくれた。

「台湾で清朝再興を目指す謎のグループのボスとおぼしき人から赤い琥珀《こはく》の指輪をもらった。赤い琥珀は清朝の高貴の証なんだよ」

そんな話を聞かされると、こっちとしては「赤い琥珀の指輪」ってメモりたくなるではないか。僕は後にそれを歌詞に使って、『上海《シャンハイ》物語』という曲を作った。

ひょっとしてその歌を聴いた清朝再興の連中が、「こっそり僕にもアプローチして来ないかな」などと想像もしてみたが、残念ながら、誰もコンタクトを取ってこなかったが……。

でも、そんな面白い話を聞かされると、何回も聞きたくなってくる。繰り返し聞いていると、その都度さまざまなディテールが広がったりして、話が立体的になってくるのだ。

トークというのは、こんなにも楽しいものなんだ、と思えてくる。

それが、永さんならではの「話芸」の素晴らしさなのだ。

人生の指標や物差しとなる「老人力」

初めて永さんにお目にかかったのは、宮崎康平《みやざきこうへい》先生のお宅だった。

ただ、僕はまだ子供だったから、正式に紹介されることもなかった。

「あ、永六輔だ。永六輔が来てる」

当時の僕にとって、永さんはテレビで活躍するスーパースターだったから、一目で永さんだとわかり、大喜びしたのを覚えている。

その後、ちゃんと紹介されたのも宮﨑先生からだ。歌うことを決めた頃だから、二十歳のときだったと思う。

宮﨑先生からはいろいろな人を紹介していただいたが、永さんもその一人。ただし弟子入りをするとかといった具体的な目的があってのことではなかった。

ちなみに永さんは、なぜか僕が落語家を目指していると思いこんでいたようだった。ラジオ局で何度も会っていて、きちんとご挨拶したにもかかわらず、どこかしら話が噛み合わないことがあったのだ。

そんなことがつづいて、ある日、『精霊流し《しょうろうなが》』がヒットする。

永さんは、その『精霊流し』を聴いて「あ、これが彼なのか」と、さっそく宮﨑先生のところへ行って、話をしたそうである。

「あの子は、これがやりたかったんだね」と。

さらに、こんな話もしたと宮崎先生から聞かされた。

「落語が好きなんだったら、落語みたいな歌を書いたらいいよ」と。

一方、宮崎先生からは、

「フォークソングというのはワークソングなんだから、人間の生活感を歌わなきゃダメだ」

とアドバイスされた。

でも当時僕がやりたかったのは、じつはジャズロックで、フォークソングをやるという強い意志はなかったのだけれど。

しかし考えてみると、永さんに言われたように、僕はもともと落語が好きだったんだから、落語みたいな歌もいいかな、と。

事実、その後に『雨やどり』や『関白宣言』、『親父の一番長い日』がヒットして、笑わせながらホロリとさせるのが、すっかり「さだまさし節」になってしまった。

たぶん永さん自身も、そういう曲をやりたかったんだろうと思う。

たとえば『おさななじみ』という歌は、ちっちゃい子がだんだん育っていって、やがて恋心が芽生え、結婚するまでを、コミカルに温かく描いている。

僕は何をするにしても、永さんという「憧れの先達」があったからこそ、抵抗感なくやりつづけられたのだと思う。

そんな永さんの「本当のすごさ」というのは、日本中に永さんがいる、ということだろう。

いつも旅していた永さんのサイン色紙を、僕はあっちこっちで見たことがある。

「あ、永さんがいる、ここにも、え、ここにもいる！」

その色紙を見つけるたびに、永さんと一緒に旅をしているような気分になったものだ。

どこにいても見守ってくれている「じじぃ」には、いまどき、なかなか出会えない。「ここにも、あそこにもいる」と言われる「じじぃ」になるのは、幸せなことなのではないか。

ただし僕は「永さんの後を継ごう」などと、大それたことを考えているわけではない。

永さんのようにどこにでもいて、みんなの「指標」や「物差し」になるような、そんな「老人力」を身につけられたらいいなと思っているのだ。

永六輔さんや淀川長治さんたちと同じ誕生日

永さんと、どこかでバッタリ出会うことがある。そのときの決まり文句が、

「ああ、まさし。今日、時間ある?」

であった。そう訊かれたら、たとえ時間に追われていても、

「大丈夫ですよ」

と答えていた。すると、永さんはせっかちだから、矢継ぎ早に、

「三十分？　一時間？　二時間？　三時間？　半日？」

と訊いてくる。

「一時間なら」

と答えると、

「わかった、一時間で話す」

永さんとは、いつもこんな感じで会って、三十分とか一時間くらい話していた。

そして、自分に時間がないときは、

「ああ、まさし。今日は時間がない。今度ね」

と言って、さっさとどこかへ行ってしまう。今度というだけで、いつのことかは言わない。

いまみたいに携帯電話万能の時代であれば、どこにいても、

「永さん、今どこですか」

と確認することができるから、つかまえやすかっただろうと思うけど、永さんは携帯電話なんて持たなかった。

永さんは、ほんとにつかまらない人だった。どこにいるか、わからない。いざ会って話をすることになっても、食事をする機会などなかった。一緒にご飯を食べるというのが嫌いな人なのだ。

食事会と銘打って、みんなでワイワイ騒ぐのは好きだった。けれど、そこで「これは美味《うま》いな」とか「これはイマイチだな」などと言ったりするのが好きではない。男子たるもの、食べ物の美味い不味《まず》いを口にしてはならない、という思いもあったのだろう。

とはいえ、黒柳徹子《くろやなぎてつこ》さんから、こんな話を聞いたことがある。

「『美味《おい》しいものを食べさせてやる』って言うから、喜んでついていったの。

そしたら、ご飯の上にザクザクと切ったネギをいっぱい乗っけて、ラーメンの汁をかけて食べるのよ。『美味しいだろ』って言われても、美味しくないわよ」

美食とはほど遠く、食べるということに興味を持たなかった永さんらしいエピソードだ。

じつは僕は、永さんと誕生日が一緒である。ほかにも、日本を代表する映画解説者・評論家である淀川長治《よどがわながはる》先生、イラストレーターでありエッセイストや映画監督としても活躍している和田誠《わだまこと》さんも同じ誕生日だ。

「じゃあ、みんなで一緒に誕生会をしたら」

タレントで映画評論家のおすぎさんが提案してくれて、八重洲《やえす》の寿司屋でお誕生会をやったことがある。

その席で、淀川先生がとても印象深い話をされた。

「自分が生まれてきて、この歳になるまで生きてきて、悔しいこともたくさんあったし、悲しいこともたくさんありました。だけど、産んでもらってよかった、生まれてきてよかったと思っています」

そう話された。それにつづけて、

「誕生日は、命懸けで自分を産んでくれたお母さんに感謝する日。だから、お母さんのことを、一日中思って過ごす日にしています」と。

それを聞いて、みんな心がキュンとした。

さすが母親思いだった淀川先生らしい言葉である。

「まさし、あのトークを淀川先生に聞かせてやってくれ」

永さんは、僕にそう言った。

「そうだ、次はあのトークもね」

和田誠さんも、そう言ってけしかける。和田さんがなぜ僕のトークに詳しいのかはわからないが、張り切らないわけにいかなくなってしまった。

結局、僕はそれから三時間近くもしゃべりっぱなしだった。せっかくの寿司も、鉄火巻きを二、三個つまんだくらい。でも永さんをはじめ、みんな大笑いしてくれて、淀川先生もとても喜んでくださったようだ。

僕はその日、名古屋に行かなければいけない用事があって、しゃべるだけしゃべって中座させてもらった。僕がいなくなったあとで、淀川先生が、

「いやあ、あの青年は愉快だね。何をしている人なの？」

と、みんなに訊いたそうだ。

永さんから、すぐ僕のところにハガキが来た。

「まさし、残念ながら君はまだ無名です」

豪快な酒豪であったスーパースター中村八大先生

永さんとともに、中村八大《はちだい》先生も、僕にとっては大きな存在である。八大先生は永さんと並ぶ、僕のスーパースターであった。

先生は作曲家、ジャズピアニストであり、永さんの作詞で水原弘《みずはらひろし》さんが歌った『黒い花びら』で第一回日本レコード大賞を受賞している。

そのほか、『上を向いて歩こう』『こんにちは赤ちゃん』『遠くへ行きたい』『明日があるさ』など、一九五〇年代末から一九六〇年代にかけて数々のヒット曲を作曲しているのだ。

おなじみ『笑点』のテーマ曲もそうだ。

初めて八大先生にお会いしたのは、僕がソロになってしばらく後のこと、大阪のホテルプラザのバーでのことだった。実はそのバーのいちばん奥の席が、僕の「指定席」だったのだ。

ある日、バーに入って行くと、顔なじみのバーテンダーが、

「すみません。今日は……」

と言う。見ると、僕がいつも座る席に先客がいたのだ。

「別に構わないよ。どこでもいいんだから、その辺に座って飲んでるよ」

そう言って、別の席へ。すると、バーテンダーが僕のところへお酒を運んで来て、

「いつもの席に、中村八大先生が見えてるんです」

と言ったのである。

「えっ、中村八大さんが⁉」

驚くと同時に、緊張した。音楽家として憧れのスーパースターが、すぐ近くにいる。この機会を逃したら、もう二度とお目に掛かれないかもしれない。どうしてもこの機会を逃したくない、と思ったのだ。

行くべきか、行かざるべきか。さんざん迷った末に、やっぱり勇気を出して行こうと意を決して、恐る恐る近づいて行った。

すると、八大先生のほうから、陽気に声を掛けてくれたのだ。

「お？　お前、さだまさしだろ」

「はい。はじめまして、中村先生」

「先生じゃねえよ」

「子供の頃からファンなんですけど、サインをしていただけませんか？」

そうお願いしたものの、ドキドキして手がぶるぶる震えているのがわかった。

「ええ？　俺がサインするのか。お前からもらうんじゃねえのか？」

先生はちょっと照れながらも、快くきれいな楷書で「中村八大」とサインしてくれた。

「まあ、座れ、座れ」

そう言われて僕が座ると、すぐに一杯飲まされた。

緊張していたので、そのときに何を飲み、何を話したのかは、まったく覚えていない。話が盛り上がって、いつの間にかお酒がなくなっていた。

「酒がねえじゃねえか」

「山本直純先生のお酒はありますが……」

とバーテンダー。

「飲んじゃえ、飲んじゃえ」

そう言って、さらに飲みつづけ、八大先生は直純さんのレミーマルタンのマグナムボトルを飲み干してしまった。豪快で気持ちのいい酒豪であった。

忘れることのできない「スーパースター」との出会いであった。

「年寄りに聞くに限る」という教え

「永さんって、小言おじさんみたいな人だけど、ほんとは違うんですよね」

そう言ったのは、中村八大先生の息子さんの中村力丸さんだ。

「ぼくは思春期の頃、永さんに『こんにちは赤ちゃん』の赤ちゃんがこの子です、って言われるのがすごく嫌でね。それで、永さんに文句を言ったことがあるんです。そしたら、それから一切その話をしなくなった」

ところが、大人になってから「それはそれで寂しいものがある」と力丸さんが本音を話したら、永さんはまた「赤ちゃん話」をするようになったという。

永さんは、そういう点ではナーバスであった。細かいところにも、すごく気を遣う人だったのだ。厳しいことや一見乱暴なことを言ったりするけれど、けっしてそうばかりじゃない。

しかも、できるだけ客観的に物事を見ようとして、「第三の目」というものを自分で持とうとしていた。僕は、永さんに突然こんなことを言われたことがある。

「まさし、お前、自分を信用できるか？」と。

「自分を信じてやっても、間違うことがあります……」

そう答えると、永さんは、

「そうだろう。そういうときは年寄りに聞くに限るんだよ」

そう教えてくれた。

永さんは「年寄り」の存在の本当の大切さを知っていた人である。僕は「年寄りに聞くに限る」という言葉が死語になっていくのは、この国がダメになっていくことと同じなのではないかと思う。

「いやあ、これは年寄りに聞くに限るよ」

そんなふうに年寄りに聞くという感覚を持つ人がいっぱい増えたら、この国はもっとよくなるに違いない。そのための「老人力」だと思うのだ。

とはいえ、最近の「じじぃ」はちょっとトークが苦手な人が多い。自分の手柄話や自慢話は多いのだが、そんな話をされても仕方がない。聞くほうにとっては失敗話が面白いのだが、だからといって、下世話な話や下ネタ話ばかりされても困る。

話の面白い人と雑談していると、

「ちょっとそれ、ほんとかよ」

と言いたくなることがよくある。

だが、じつはほんとうでも嘘でも、どっちでもいいのだ。むしろ、多少は脚色してくれたほうが話は面白い。ただし、基本的なことについて嘘はつかないことだ。

ありもしないことを、あったとは言わない。相手が望んでいるような、あるいは喜んでくれそうな方向で、ある程度の脚色をする。そうしたほうが、相手はより興味を持って聞いてくれるのだ。

「年寄りに聞くに限る」

そんなふうに「老人力」を頼りにされるには、やはり「じじい」としての面白いトークが必要なのだ。

僕もそのつもりで、日夜トークに磨きをかけている。

会うというのは、関わり合うということ

永さんの親友であった小沢昭一《しょういち》さんともお付き合いをさせていただいた。

小沢さんは俳優、タレント、エッセイスト、芸能研究者などとして幅広く活動された人である。永さんによると、小沢さんは最初に日本の大学に「落語研究会」を作った人なのだそうだ。僕も落研出身だから、強い親近感があった。

「君の話はさ、永さんからいつも聞くんだけど、直接には一度も会ってないから、ずっと気になっててね。ちょっと会おうよ」

そう声を掛けていただいて、お目に掛かることになった。

それからは何度かお会いしているが、小沢さんはなぜか最初のときと同じように、

「ちょっと会おうよ」

という言い方をされた。

「いや、お目に掛かってるじゃありませんか」

小沢さんは、僕と会ったことを忘れているのかと思って、そう答えた。

そうしたら、

「いや、そういうんじゃないんだ。会うというのは、関わり合うっていうことなんだよ」

小沢さんは、例の独特の調子で言ったのである。

「はい、わかりました。嬉しいです」

「ほんと？　嬉しいの？　ほんとに嬉しい？」

こうして会うと酒を飲みながら話をする。その話の濃密なことといったら、感動的ですらある。

僕がライブハウスで唄っているときに、奥さんと共にフラッと楽屋に現れたことももある。小沢さんの話を聞くのが大好きだったので、今日はどういう話を聞かせてもらえるのかな、といつも楽しみだった。

そうして回を重ねるうちに、僕は確信した。

「ああ、やっぱり永さんと小沢さんとは気が合うわけだ」と。

お二人は話のテンポ感が違うだけで、内容の豊かさや感覚が同じなのだ。落語家でいえば、柳屋小さんさんと三遊亭圓生さんが丁々発止《ちょうちょうはっし》と渡り合っている感じ。当代一流の「話芸」とは、こういうものかと感心したものだ。

お二人の話を聞くたびに、

「僕もトークのテンポは、やがて永さんか小沢さんの話し方のどっちかになっていくんだろうな」と思った。

永さんも小沢さんも、そう思わせる大きな存在だった。

お二人には、それだけの「老人力」と「魅力」と「パワー」があったのである。

作詞家と作曲家のコンビを超えた大きな存在

僕は、永さんを「隠遁《いんとん》した老人」だと思ったことはない。

体調を崩されてからも、まだまだ現役、ぜんぜん平気だと思っていた。だから、永さんとの話をこれまではちゃんと記録していなかったのだ。でも、そろそろ記録しておいたほうがいいかなと思って、永さんに連絡を取った。

「話を聞かせてもらいたいんですけど、時間はどうでしょうか？」

「体調がいいときと悪いときがあってね、なかなかじっくり話す時間を取れなくなった」

そんな返事がきた。

「ええっ、そんなに悪いの？」

と、びっくりしたが、

「でも、まさしとは会って話すよ」

永さんは、そう言ってくれた。

それで、スケジュールを組み、なんとか対談にこぎつけたのである。永さんには、マネージャー役を兼ねていつもお婿さんがついて来てくれるが、対談が終わった後で、彼がこう言ってくれた。

「さださんとじゃないと話さないことが出て来るから、とても面白いですね。他の人とは絶対にこんなふうには話が転がっていかないから、これはぜひ続けましょう」と。

永さんは、枯れ木に花を咲かせる「花咲かじじぃ」のような人だ。だから、意外なところに花が咲き、話もどんどんあっちこっちへ広がっていく。

この話は、これ以上掘ってもあまり面白くならないなと感じたら、

「まさし、話変えていい?」

と言う。自分で振った話にもかかわらず……。

「いいですよ」

僕がそう言うと、また違う話になる。

「あのね、昔ね、三木鶏郎《みきとりろう》先生の……」

といった感じで、いろいろ話が錯綜《さくそう》して出て来る。僕としてはそれが面白いので、もっと話を引っ張り出そうとする。

ところが、永さんはもう途中でつまらなくなってしまうのだろう。

「そうなんだ。そうなんだけど、話変えていい？」

そんなふうに、ころころ話が変わる。でも、そのつど花が咲く。まさに達人技である。

「ああ、こんな達人になりたいなぁ」

永さんと話をしていて、幾度そう思わされたかわからない。

もっともっと聞いておきたい話があったのだが、体調の問題もあって対談をつづけることが難しくなった。できれば再開したいと思っているうちに、残念ながら亡くなられてしまったのである。

ちなみに、永さんはいい声で、歌もうまい。自分で作詞した『生きるものの歌』という曲の自作自演を聴いて、本当に素晴らしいと感じさせられた。

永さんとは深いご縁があったから、亡くなった直後に自分のオリジナル・アルバムをやめ、押しかけみたいな形で、永さんのアルバム『永縁』を作った。永さんという人を、次の世代の人たちに知ってもらうためのバトンを、僕なりにひとつ作ることができたのではないかと思う。

今後は、永さんの仕事を目に見える形にして、永遠に残るようにしていかなければと思う。

幸い「夢であいましょう」の台本がきちんと残されている。その中でも永さんが書いた詩を朗読するコーナー「リリック・チャック」が素晴らしい、まずはそれを何とかしたい（ただし、台本をそのまま出版するのは、量があまりにも膨大過ぎて、ちょっと難しい)。

いまのところ、「リリック・チャック」の中から、素敵なものを黒柳徹子さんと二人で選んでまとめられたら素敵だ、などと夢をみている。

中村力丸さんにも、

「中村八大、永六輔の仕事は、ちゃんと守って伝えていかなきゃいけないですね」

と話している。

「八大さんは早く亡くなったけど、永さんが生きているというだけで、僕の中では八大さんも生きていた。ところが、永さんが亡くなった瞬間に、僕の中では八大さんも一緒に亡くなってしまった。そんな感じがする」

力丸さんにそう言ったら、

「まったく同感です。ぼくも永さんが亡くなるまでは、自分の父がいなくなったという感じはあまりしなかったですね」

力丸さんも、やはり同じ思いだったようだ。

日本の音楽史に、一つの時代を作りあげた永さんと八大さん。

お二人は、単なる作詞家と作曲家というコンビである以上に、もっと大きな存在であったと思うのだ。

「会いたい」と思われるじじぃになれるか

振り返ってみると、僕はたくさんのヘンな「じじぃ」や「ばばぁ」たちに会ってきたものだと思う。

そんな人たちに会って影響を受けると、自分だけふつうの「じじぃ」になれるわけがない。

「あいつと会って話してると面白い」

そう言われるような「じじぃ」が、理想的な存在なのだと納得できたのである。

ときどき、タレントや俳優、歌手など、後輩仲間から、

「そろそろ会いたいですぞ」

といったメールが来る。

「そうか、僕も面白いじじぃになりつつあるんだな」

と感じる。それが嬉しいから、

「じゃあ、会って飲もうか」

ということになるのだ。

かつて僕らの青春時代の飲み会では、「アレバダスの法則」というのがあって、これは言葉どおり「あるやつが出す」ことになっていた。最初は袋を回して、お金を入れる。その日に使っていい金額をそれぞれが入れて、回して一周してきたら、ザーッと空ける。

「ああ、今日はこれだけ飲める」

みんなで飲むから、お金を持っているやつは千円札を入れるが、お金がないやつはポケットのゴミでもいいのである。それでも割り勘だから、「ごちそうさま」とは誰も言わないし、言わせない。

ところがそのうちに、明らかに「お前は金持ってるだろ」というやつが入ってくる。そうすると「お前払え」「頼むぞ、ごちそうさま」で済む。これが「アレバダスの法則」。

だから、いまは大借金を払い終えた僕ができるだけ出すのである。

「君たちも稼いでるだろうけど、先輩が払うのが正しい。俺の顔を立てなさい」

そうすると集まりやすいのだ。それでタレントや俳優、歌手だけでなく、噺家とか面白い連中が集まる会合が行なわれるようになった。これが思いのほか楽しいのだ。

一緒に飲んでいると、若い連中から尋ねられることも多い。

「そういうとき、ボクはこうした」とか「これはこう思ったほうが楽だよ」などと言うと、「へぇ、なるほど」と、メモするやつが出てくる。

「あぁ、自分もじじぃになったんだな」

そう感じるからこそ、「老人力」や「じじぃ魂」はこれから発揮しなきゃ駄目だな、と思う。

いまの若い人たちは、本を読む時間が少ないので読解力がやや足りない。本を読めばどこにでも書いてあるようなことでも驚いてくれるのだ。

たとえば「恩は着るもの、着せるもんじゃない」という言葉にも反応するのだ。

そんなことは、小説でも自己啓発書でも、どこにでも書いてある話だ。ややこしい哲学書でもかみくだいて話すと、とても面白がってくれる。

「それ読んでみます」

「読んでムズかしいところは、俺が相談に乗るよ」

そんな集まりになっているのである。

僕みたいに饒舌《じょうぜつ》な人間がポロッとこぼす、うっかりした一言が面白いとか、「これ極論なんだけど」

などと言いながら、ついつい話してしまう「じじぃの本音」が聞きたいのだろう。

「会いたい」と言ってもらえるうちが「華」である。

年寄りの役目は若者の背中を押してやること

以前、歌手の森山良子《もりやまりょうこ》さんを囲む会をやったことがある。

このときは、良子さんだけではなくて、『ミュージックフェア』の司会をやっていた鈴木杏樹《あんじゅ》さんとか恵俊彰《めぐみとしあき》くんもやってきた。じつは、その恵くんが声

掛け人で、

「集まりましょうよ」

ということになり、そこへ森山直太朗《なおたろう》くんもくるし、ナオト・インティライミくんが混ざってくるし、「湘南《しょうなん》乃《の》風《かぜ》」の若旦那《わかだんな》も集まってきて、さらにキスマイ（Kis-My-Ft2＝キスマイフットツー）の北山宏光《きたやまひろみつ》くんなどが乱入してきた。

歌手も俳優も芸人も、ほとんどノンジャンルである。

音楽プロデューサー兼ソロ・ミュージシャンの寺岡呼《よ》人《ひと》くんから時々、

「そろそろ、さだ不足になってきたんで会いましょう」と、メールが来る。

「さだ不足」という言葉があるらしい。

ただし、飲み会でも僕はそんなに話をするわけではなく、ほとんど聞くだけ。一緒に飲みながら、ワイワイ雑談をして場が和んでくると、

「さださん、じつは迷ってるんですが、これやってもいいですか？」

なんて相談にもなる。そういうときでも、

「いいじゃん」

と軽く言ってやる。

「いいっすか、これ?」

「いいじゃん、やれよ」

人は迷ったときに、

「お前、間違ってないよ」

と言ってくれるのが勇気になる。

年寄りというのは、そういう存在なのである。「お前の思ったとおりやれよ」

と背中を押してやることが大切な役目なのだ。ただし、

「僕はこう思うよ」

という一言だけは、付け加えておく。

ナオト・インティライミくんとの出会いは楽しかった。彼は自分がデビュー

したとき、すぐ売れると思っていたのに全然売れなかった。周りから潰されて、嫌になって、日本を飛び出し、世界中四十五カ国を歩き回ったのだ。

彼は、当時のPLO(パレスチナ解放機構)議長のアラファトさんのパーティーに飛び入り参加して、目の前で『上を向いて歩こう』を歌うといった奇跡的な経験もした。

こうなると、僕らとは世代が違うと思わざるを得ない。僕らの世代の人間は、アラファトさんの前で歌うという概念はないし、勇気もない。怖いもの知らずということは、すごいことだと思う。

「彼らはこういう世代なんだ」ということがわかると、「さあ、どこから説明しようか」と思いをめぐらすのだ。

若い力には、じじぃも勇気をもらう。

ともあれ、こうした気の置けない仲間の集まりや、人間同士のコミュニケーションが、世代を超えた相互理解の軸になっていく。人と人とが、僕をターミナルにして行き交える環境ができあがるのだ。

そこで発せられる「じじぃ」の一言が、若い人に勇気を与えることもある。

それが本当の意味での「やばい老人力」なのではないかと思う。

人は、誰もが歳を取って老いていく。

だとしたら、若いやつから頼りにされ、良い意味でも「やばいよね、あの人」と言われるような「じじぃ」になりたいものである。

第六章

ひとりの「じじぃ」から若者たちへの伝言

「ミーファースト」の時代

僕は『風に立つライオン』に、こんな歌詞を書いた。

やはり僕たちの国は
残念だけれど何か
大切な処で道を間違えたようですね

これを書いた当時の日本の未来を危惧して書いた一言なのだが、あの頃から、日本の在り方はやっぱりちょっとどこか違ってきた、ずれているのではないか、そういう思いがたくさんある。

近代社会への道を間違えたのは、明治維新のときだろう。新しい時代への処し方が、この国を大きく変えてしまったのだ。日清・日露戦争、第一次大戦、日中戦争、太平洋戦争という歴史の中で、帝国主義に身をまかせたこと、地政学的に言えば英国を手本とした海洋地政学から中国を目指したが故にドイツ式の大陸地政学に変えたということが、日本の大きな欲望の上の失敗だったと思う。

これほど大きな失敗をしたにもかかわらず、戦後になって日本人は「国家社会主義」を実現したのである。もちろん異論もあるけれど、やはり終身雇用、年功序列、親方日の丸というシステムは、もう「国家社会主義」と呼んでよいだろう。

全員が貧しいときは、それでよかった。ところが、全員が「中流」と言い始めた頃から日本人の意識が変わってしまった。「もっと自由を」と思い始めた頃から、戦後の高度成長と「国家社会主義」が崩壊する。そこから更にアメリカ的「資本主義」に取り込まれていくのだ。

「やっぱりほら、これでよかったじゃない」

そう思い始めた時代に、僕は『風に立つライオン』を書いた。バブルのまっただ中、一九八七年のことである。

「残念だけれど何か、大切な処で再び道を間違えた」――そう思えて仕方なかった。

このときから日本人は、カタチのないものを売り買いし始めたのだ。たとえば株、会員権、為替。そのとき僕は、ステージでもずっと言いつづけていた。

「ないものを売り買いして、この国はどうなるんだ。その上、土地は限られているのに、これが暴騰《ぼうとう》するということは、我々の価値観を壊していることなんだ」

ステージで、しつこいくらい主張しつづけた。

「これにのるな、のせられるな」

そう警告を発していたつもりだったのだが。

基本的に、僕は政治家が経済の話をするのは嫌いである。経済に関しては、たとえどん底になっても、国民さえしっかりしていれば凌《しの》げるものだ。戦後の苦しい時代だって、それを耐えて生き延びてきたのだ。

だからこそ、一般国民が絶対に手の届かないこと、国がやらなければならないこと、政治家が本気で取り組まなければならないこと、そこに集約して欲しいと思う。

それは何かといえば、「外交・安全保障」と「教育」である。そこが疎《おろそ》かになっているのに、政治家が口を開けば、経済の話ばかり。金、金、金。これで百年後の日本の話など、できるはずがないではないか。

かつて、ある企業が世界のティーンエイジャーに「不安に思うのは何か?」というアンケート調査をしたことがある。どの国も多くの子供が「国の未来」と答えたのに、日本の子供たちでそう回答したのは、なんとゼロパーセントだった。

このままでは日本はたぶん滅びる、とショックを受けた。

これも日本という国が間違ってしまった象徴的な出来事ではないかと思う。若い人たちが見ているものは「日本」ではない。あくまでも「自分」なのである。「ミーファースト」と言ってもいい。

「自分がこうなりたい」「自分はこうしたい」「こうなったら格好いい」「儲けたい」

だから、尊敬している人はお金持ち。金さえあれば、どんな生き方をしてきても、尊敬されるのである。それは昔から「拝金主義」と呼ばれてきた。日本はいつの間にか拝金国に成り下がってしまった。金には勝てないということだ。

確かに、現代社会を生き抜いていくために、誰も金には勝てないかもしれない。それは責められない。責めるつもりもない。

だが、その先の未来を見られないのは、やはり「教育」のせいだと思わざるをえない。

本当の意味での「教育」を、この国が見失ってしまったのだ。

こんなときこそ、知識が豊富で、どんな痛みも共有してくれ、何かひとつスゴイものを持っている「やばい老人たち」から学ぶことがあるはずである。

胸を張って孤独に死んでいく覚悟

僕が二十代で作った歌には、ふるさとや、家族といったテーマが多い。

それには僕なりの理由があるのだ。

あれは、あの時代に対する僕なりの「アンチテーゼ」だったのである。

一九七〇年の安保闘争を境にして、若者の価値観は大きく変化し、同時に親から独立するという風潮が起きてきた。

「親と同居せず」という思想が、あの当時に始まった。「核家族」という言葉も流行りはじめた。

一九七〇年の日米安全保障条約の自動延長や、三島由紀夫《みしまゆきお》事件が起こったのが僕が高校三年生のときだった。

國學院高校に通っていて、明治公園がすぐそばだったから、金がなく腹が減ったときには、デモに参加したことがある。パンが支給されると聞いて、のこのこ出かけたりしたが、このとき、パンは支給されず、新宿駅西口地下道で催涙弾を食らっただけであった。

当時、学生運動をやっていた彼らの憂国のエネルギーは好きだったが、「親と同居せず」という考え方に関しては、ずっと違和感を抱いていた。

なぜ違うかといえば、「親と同居しない」ということは、「将来自分の子供とも同居しない」という意味だからだ。

そうなると、必然的に将来は夫婦二人になっていく。片一方が死んでしまったら、独りで死んでいくしかない。そこまで想定しているのか、と疑問に思ったのだ。

それがいま頃「孤独死」とか「無縁死」が注目され、問題視もされている。いまさら何を、という思いになる。

「あのときに決めたんじゃないのか、自分たちで」

と僕は思うのだ。

だったら、もっと傲然と胸を張って独りで死んで行けよ、と言いたいのである。

そんな想いがあって、僕は家族の歌ばかり書いていた。

『精霊流し』『無縁坂』『秋桜《コスモス》』『雨やどり』『関白宣言』――すべて家族の歌である。

『親父の一番長い日』もそうで、これでもか、これでもかと家族の歌を歌った。

当時の風潮に対する「アンチテーゼ」であり、世の中に向けた僕なりの「反論」だった。

だが、当時は「古い価値観をまた持ち出して」とか「古い家族制度がどうのこうの」とかいう評論家がいた。「こんな歌や歌手は早くぶっ潰さなきゃ駄目だ」とも、さんざん言われた。だが、僕はまったく気にもしなかった。

当時『精霊流し』で「根暗」、『無縁坂』で「マザコン」、『雨やどり』で「軟弱」、『関白宣言』で「女性蔑視」、『防人の詩』で「右翼」と言われ放題だったが、それはまったくの的外れだと思っていた。

離れて暮らすことはあるだろうけれど、父は父、母は母である。友は友であり、恋は恋なのだ。

僕が父と母と家族で同居したのは、二十四、五歳からだった。十三歳のとき僕は一人で東京に出てきたので、東京に両親を呼んで一緒に暮らすという、ある意味での「出世」をしたわけだ。

その後は結婚を機にして、また家を出ていくことになるが、でも精神的には、常に家族と共にあった。それは、長崎という地があったからだ。

「ふるさと」という明確な旗が、そこに立っている。燦然《さんぜん》と輝き、長崎の風にひるがえる「ふるさと」という旗である。

いま、一つの家に二つの家族で住むという発想がどんどん出てきている。僕の友人の一人は六十歳になったのをきっかけに、年老いた親と同居しはじめた。そして、嬉しそうに「大家族制に戻してみたら、楽しいよ」と言うのである。

予言してもいい。

これからは、「やばい老人」の経験値や知恵を生かした大家族が増えていくはずだ。

「携帯電話」が発達して失ったもの

若い人たちに向かって「夢を持ちなさい」と言う大人がいる。

でも僕は、夢というものは雑でいいと思っている。いい加減でいい、と。ただ、夢と現実をごっちゃにして、いいところだけ信じるという、そんな傾向が気になる。

「バーチャルフューチャー」や、「バーチャルリアリティ」と呼ばれる、要するに仮想未来、仮想現実の世界だ。

昔は自分の友達や親兄弟といった人間にすがりついたものなのに、最近はみんな「携帯電話」にすがりついているのだ。

ここが、いまの日本の不幸の源のような気がするのである。最近の若者たちは、一日の四分の三ぐらい携帯に依存している。電車の中を見渡しても、ほとんどの若者が向き合っているのは、携帯だ。

僕がいう「携帯電話」とは、たんなる電話機能だけではなく、スマホに代表される仮想現実を具象化したものだ。

もともと「携帯電話」対応のインターネットサービスは日本が先駆けであった。そこに「あれも詰めよう、これも詰めよう」と多くの機能が追加されて世界中に広まっていった。

いまは、アフリカのマサイ族だって「携帯電話」を使っている。

思えば、かつては固定電話を家に引くということが、ある種のステイタスでもあった。バブル時代でさえ、アパートで一人暮らしをしていて、自分用の電話がないという人がけっこういた。アパートの廊下とかに、共用の公衆電話があったのだ。

電話が鳴ると管理人さんが出て、呼びに来てくれた。いま考えると、のどかな時代だったんだなと思う。

ところが、いまはスマホがふつうで、電話付きコンピュータを持ち歩くのと同じである。昔は待ち合わせにしても、その繫がりを求めていろんな方法があったが、いまは携帯だけで何でもできてしまう。

そういえば、かつて駅に「伝言板」というものがあった。待ち合わせのときは、

「七時に喫茶エンジェルで待つ　まさし」

なんて書いておく。力のこもったチョークの字が懐かしい。

その「伝言板」が消えた頃から、この国の人たちは、変になった。そして、待合室が終電とともに閉じるようになってから、この国はおかしくなっていった。なにしろ僕らの学生時代は、東京駅で終電時刻が過ぎても、待合室で寝ていられたのだ。

僕が高校生のとき、弟とヤンマー対三菱重工の天皇杯決勝戦を観に行ったことがあった。ところが初詣した後、金がなくなって泊まるところもない。仕方なく東京駅まで行って駅の待合室で夜明かしをして、国立競技場まで歩いた。ともかくお金がなくて、食堂に入る余裕もない。途中であまりにお腹が空いたので、ホットドッグを一個買って、それを半分ずつ弟と食べた。

そういう時代のほうが、発想が自由だったなと思う。友達も、みんな自由だった。

「携帯電話」などの便利さと引きかえに、僕らの失ったものは大きい。

手紙とはつねに「ラブレター」である

僕がＮＨＫでやっている『今夜も生でさだまさし』という番組がある。

視聴者から寄せられた葉書を紹介し、一、二曲程度を生演奏で歌うというのが基本コンセプトだが、「葉書」というアイテムがいい。

とはいえ、みんなが手書きというわけではなく、悪筆の人は読みにくいだろうからとパソコンで打った葉書を送ってくる。目の不自由な人も、パソコンに向かってしゃべった文章を印刷してくる。さまざまな事情で手書きではない人も結構いるのだ。

でも、カタチはどうあれ、大切なのは中身である。

これは、視聴者とのキャッチボールであると同時に、一種の相互教育であり体温の交換だと思っている。

途中で話が脱線して、また戻ってきて、「なかなか最後まで行かないね、この葉書は」と、話が広がるような葉書を読む。

面白かった話は、五回ぐらい笑わないと面白さがわからないから書けないし、本当に辛かったこと、悲しかったことは、三回ぐらい泣かないと書けないのだと学ぶ。

ほとんどの人は手書きで送ってくるが、宛名書きを見ただけで誰かわかるようになった。会ったこともない、その人が葉書と一緒にいるのである。

「あ、また来た」と。

じつは郵便葉書というのは、すごく公平なスペースだと思う。誰が書いても面積は決まっているからだ。だが、中には途中で「あ、書き足りない」と気がついて、表まで使って書いてくる人もいるし、真ん中あたりで全部書き終えてしまって、後半があいたままの人もいる。

でっかい字で始まって、最後はちっちゃい字になっちゃう人も。葉書を見ただけで、だいたいその人の計画性や人柄まで伝わってくる。そこが手書きの面白さなのだと思う。

ところが葉書ではなくファクスだと、事情は違ってくる。ファクスの場合は書き殴ってくるのだ。いま思ったり感じたりしたことを、そのまま書いてくるだけ。吟味していない。泣いたら「泣いた」と、怒ったら、その怒りをガーッと書いてバッと送る。でも本当の悲しみや怒りの本質は、そこからは何も伝わってこない。

番組で「メール、ファクスはお断りです」と言っている理由は、そこにある。番組と視聴者との距離感を、僕は葉書の書面を通して感じ取っているからだ。葉書は、書いて投函して届くまでに時間がかかる。要するに次回の放送まで待てる人を「待って」いるのである。

メールやファクスより、葉書のほうが格段に面白い。

手紙を書くという行為は、時間のプレゼントである。何を書こうか想いをめぐらし、時間をかけて一字一字を書き記していく。

「これを書き始めて書き終えるまで、あなたのことを想ってました」ということだ。

手紙とは、つねに「ラブレター」なのである。

メールでは伝わらない言葉の大切さ

現代は、みんなが何か主張したいという時代になっている。

それは自分を認めてほしいからだ。認めてほしいのは、友達がいないからである。その友達の作り方もわからない。

それは、なぜなのか。

いろいろ考えてみたが、つまりは日本語が下手になったのではないかと思う。僕のスタッフもそうだが、日本語がうまく使えないから、

「そんな言葉を使ったら、相手の心が痛むだろ」

という言葉を、平気でポンと投げつけてしまう。

「そんな言い方をせずに、ちゃんと説明して」

と言っても、それができない。

自分の意見は、それなりに言える。自分の感想も、なんとか言える。でも、相手や状況によって言葉の選び方が変わるということがわかっていないのだ。

明日もこいつと一緒に仕事をするという状況での文句の言い方と、こいつとは絶交だというときの言い方はまったく違う。そのバランス感覚が、すでに壊れつつあるのだ。

たとえば、ツーカーの友達同士だったら、たとえトゲのある言葉で責められ

ても、

「うるせえ、馬鹿野郎」

と言い返しても、それほど傷つきはしない。

「テメエ、この野郎、ぶっ飛ばすぞ」

などと大声をあげて怒鳴っても、翌日になって一緒に酒でも飲み始めると、

「ほんでさ……」

と、ごくふつうに話ができる。

でも、そこまでの友達関係が築けていないから、パワハラという言葉になる。基本的にボキャブラリーが少なくなった。語彙《ごい》の広がりがないのである。

その原因は、たぶんメールだと思う。メールの弊害のひとつは、自動的に言葉の選択肢を指導してくれることだ。間違った漢字を使わないようにシステムが進化していて、絵文字も豊富だ。だからメールでは饒舌で、言っていることも立派なのに、実際に会ってみると、まともな話ができない。そういうケース

が多すぎる。

しかもメールを送ったら、それで伝えたと思っている。でも、相手がメールを見てくれるとは限らない。

「あれ？　いまなんかあったかな？」

と、読まずに間違って消してしまうこともあるだろう。

そんなふうにテクノロジーが発達するにつれて、人との濃密なコミュニケーションがどんどん欠落していく。人間関係の温度は下がっていくし、お互いの信頼感というものがなくなっていく。

僕らの仲間の場合、何十年も付き合って、その付き合いの中で仲間を鍛え、仲間意識を鍛えてきた。僕の小説に出てくる「タモツ」なんか、小学校からの同級生だ。その頃から会うたびに喧嘩していたし、いまでもしょっちゅう喧嘩をする。

でも、お互いに遠慮なしに喧嘩ができる心の余裕があるのだ。

「これは噛みついても、たぶんわかってくれるな」

という気持ちが、どこかにある。お互いにカーッとなって言い合っても、一人になると、

「そうか。そりゃそうだな」

と思えるからこそ、喧嘩ができる。

メールでは伝わらない言葉の大切さ、コミュニケーションの力があるのだ。

それを、もう一度見直して欲しいと思う。

「老人力」をどう若い人たちに伝えていくか

人と人とのコミュニケーション。

それが、ちゃんとした形で成立するようになるには、どうすればいいか。

それがいまの僕のテーマであり、これからの大きなテーマでもある。

具体的に何かといえば、老人の意見を聞きたいと思わせる社会。それに対してちゃんと答えられる「やばい老人力」。そんな「じじぃ」や「ばばぁ」たちが、いま果たしてどれくらいいるのか？

たとえば人生相談は、たいてい自分より年上の人、お年寄りの方にする。それは、いちばんみんなが信頼している「経験値」や「人生哲学」を求めているのだと思う。

「あなたは、あの苦しいときをどうやって生き延びたんですか？」

「あの戦争を生きぬいた、あなたの信念は何ですか？」

「何もかも失ってどん底にいるとき、どうやって這い上がったんですか？」などなど。

そうした問いに答えられるように、「老人力」を高めること。そして、その「老人力」をどのように若い人たちに伝えていくか。

そのひとつの方法として、たとえばお祭りがある。

若い子たちが御神輿《おみこし》を担ぐ。村に伝わる舞いを舞う。神社の宝物・神札などを奪い合う。日本にはさまざまなお祭りがある。その伝統を伝えていくには、必ず老人の知恵や卓見が必要なのだ。

いちばんわかりやすいのは、徳島《とくしま》の阿波《あわ》踊りである。徳島生まれの人間なら、子供の頃からずっと踊っているだろうが、お年寄りは青年のように潑剌《はつらつ》チャキチャキとは踊れない。足さばきだって、それほど大袈裟《おおげさ》にはできない。

ところが、本当の達人の踊りは、ちょっと違うのだ。

剣の達人ならば、真剣勝負でも殺すまでやる必要などない、という。

「相手のやる気をなくすのは、指一本でも傷つけてやれば、それでいい」

という見事な剣さばきに似ている。力任せに刀を振るうのではなく、軽やかな舞を見せてくれるのだ。まさに池波正太郎《いけなみしょうたろう》の時代小説『剣客商売《けんかくしょうばい》』に登場する秋山小兵衛《こへえ》の世界が見られるのが、阿波踊りの老人の踊りなのである。これが、なんとも粋《いき》で格好いい。

そして、それを若い人たちも子供も憧れている。

「自分も、あんなふうに踊りたい」

と思いながらも、なかなかその境地に達しない。若い頃は勢いがあって潑溂としているから、鉦《かね》や太鼓がいっぱい鳴って、三味線の音なんかほとんど聞こえないくらい、はっちゃけて踊りまくるのだ。

そういう時期があって、だんだん歳を取り、秋山小兵衛の境地に達して踊る爺さん。その姿が絵になっていることこの上ない。これが「老人力」なのだ。

格好よくない老人は、僕は「老人力」のあるお年寄りとして認めたくない。

たとえば、酒飲みの「オヤジ」や「じじぃ」でもいい。飲み方が「この人は本当に酒が好きなんだな」と思える人がいる。

「あんなふうに、格好よく酒飲みたいな」

そう思うと「ちょっとおとうさん、一杯注がせてよ」と言いたくなる。

注いでやると「おっ、すまねぇな」などと言いながら、口から行く。飲み屋で、愚痴だけこぼしているサラリーマンは願い下げだ。達人は、飲み方に品があるし、言葉の端々にも品格が宿る。

上品下品でいうなら、下品な店にも品格を持つ飲み助がいるということだ。そんな「オヤジ」や「じじぃ」と飲む酒場は、ある種の学び舎《や》だと思う。

「こんなじじぃになりたい」

そう思わせること。

それが「老いの極《きわ》み」を伝えることではないか、と思うのである。

これからの社会のキーワードは「老人力」

これから日本は、否応なく「老人社会」になっていく。

一九七〇年代から「核家族化」が始まり、以来すでに五十年近くも経って、みんな「核家族」に飽きているのではないだろうか。というより「家族」そのものが、ほぼ崩壊に近い状況になっているのだ。

たとえば、家庭の中で子供が親に虐待される事件が増えている。どうしてそんな事件が起きるかといえば、それは家庭の中に「第三の目」がないからだ。

昔は家庭内に老人の目という「第三の目」があった。だから、子供はお母さんに叱られても、おばあちゃんのところに逃げて行くことができた。

おばあちゃんの後ろに行けば、お母さんもそれ以上は叱れない。おばあちゃんの背中は、子供にとっての「安全地帯」だった。いまの子供には、その「安全地帯」がないのだ。

共働きで、お父さんもお母さんも家にいない。お母さんがいたとしても、自分の生活のことでカリカリ、汲々としている。

家庭の中で、子供を守るシステムが崩壊しているのである。そんな状況下で、いったい誰が子供を守るのだろうか。

中学生になって夜中に仲間と遊びに出かけ、イジメに遭って殺された、という事件があった。夜の九時半に遊びに出て行く中学一年生の子供を、親が放置すること自体が、すでに「異常ではない」という時代になった。

たとえ親がいなかったとしても、おじいちゃん、おばあちゃんが一緒に暮らしていたなら、きっと子供が夜遅く外出するのを止めただろうと思う。そうすれば、事件に巻きこまれずにすんだはずだ。

「核家族化」のおかげで、いまのおじいちゃん、おばあちゃんたちは孫たちと離れて暮らしている。だから、子供たちがどんな状況に置かれているのかわからないのだ。

たまに孫たちに会いに行っても、ただ「可愛い、可愛い」と甘やかすだけ。子供たちが何をしても「オーケー、オーケー」で目をつぶってしまう。

これでは子供たちの奔放で無軌道な間違った行動を、かえって助長するだけだ。子供たちの将来のためにも、けっしてプラスにはならない。

その意味で、いまの日本には「頑固じじぃ」や「うるさいばばぁ」という存在が、町内に一人や二人は必要なのだ。しかも、情けないことに、いまはその「町内」すら存在しないような状況である。

隣に誰が住んでいても知らん顔。隣近所で物をあげたり、もらったりするような情緒は、都会のマンション暮らしになって、ほとんど壊滅してしまった。

こんなに孤独な時代が来るとは、誰にも予想できなかったはずだ。

それはすべて、時の勢いで決めた「親と同居せず」という一事から始まっている。

それが、間違いだったのかもしれない。自分自身が両親を亡くしてから、いっそうその思いが強くなった。

僕は両親が東京に出て来たとき、一緒に暮らしていた。身近に年寄りがいるというだけで面白かった。誰かと話しているところへ、年寄りが割りこんで来るだけで、その場の奥行きが変わってくるのだ。

逆に、年寄り同士が話しているところへ若い奴らが乱入して行くと、話の勢いが変わってくる。若者と年寄りは、お互いにコミュニケーションを取り合い、「異業種交流」や「年齢差交流」を深めなければならないと思う。

この日本の現実を少しでも憂えるならば、そのとき本領を発揮するキーワードこそ「老人力」なのである。

「じじぃ」と「ばばぁ」に、日本の未来がかかっている。

最後に、本書は、僕がお話しした内容をライターの倉田ひさしさんにまとめていただいた。この場を借りて改めて感謝を申し上げたい。

「本書にご登場いただいた僕が今でも敬愛する「やばい方々」

（敬称略、登場順。現役でご活躍されている方々は含まれておりません）

第三章

宮崎康平●みやざき こうへい

一九一七年（大正六年）〜一九八〇年（昭和五十五年）、長崎県出身。古代史研究家、作家。代表作は『まぼろしの邪馬台国』。本書で邪馬台国論争を一般の人々にも広めた。妻・和子とともに第一回吉川英治文化賞を受賞。

今里広記●いまざと ひろき

一九〇七年（明治四十年）〜一九八五年（昭和六十年）、長崎県出身。実業家、財界人。広範な交友と人脈から、財界におけるまとめ役として「財界の官房長官」「財界の幹事長」の異名があった。

山本健吉●やまもと けんきち

一九〇七年（明治四十年）〜一九八八年（昭和六十三年）、長崎県出身。文芸評

論家。一九五五年、『芭蕉』で新潮社文学賞の受賞をはじめ、一九八一年、『いのちとかたち』で野間文芸賞を受賞、一九八三年には文化勲章を受章。

山本直純●やまもと なおずみ

一九三二年（昭和七年）～二〇〇二年（平成十四年）、東京都出身。作曲家、指揮者。『男はつらいよ』シリーズの劇伴音楽の編集や、テレビ・ラジオ番組の音楽担当、『一年生になったら』など童謡の作曲も多数。さだまさし『親父の一番長い日』の編曲も担当した。

森 敦●もり あつし

一九一二年（明治四十五年）～一九八九年（平成元年）、長崎県出身。小説家。主な代表作に『月山』『われ逝くもののごとく』などがある。一九七四年に六十二歳で芥川賞を受賞。

第四章

安岡章太郎●やすおか しょうたろう

一九二〇年（大正九年）～二〇一三年（平成二十五年）、高知県出身。小説家。

『悪い仲間』『陰気な愉しみ』で芥川賞受賞、『海辺の光景』では野間文芸賞を受賞。

井伏鱒二●いぶせ ますじ

一八九八年（明治三十一年）～一九九三年（平成五年）、広島県出身。小説家。代表作に『山椒魚』や『黒い雨』などがあり、直木賞や野間文芸賞などの受賞作多数。一九六六年には文化勲章を受章。

遠藤周作●えんどう しゅうさく

一九二三年（大正十二年）～一九九六年（平成八年）、東京都出身。小説家。随筆や文芸評論、戯曲も手がけた。代表作に『白い人』『沈黙』などがあり、芥川賞や谷崎潤一郎賞を受賞、文化勲章を受章。

第五章

永六輔●えい ろくすけ

一九三三年（昭和八年）～二〇一六年（平成二十八年）、東京都出身。タレント、随筆家、放送作家、作詞家。『上を向いて歩こう』など数多くの作詞を手掛け、

『大往生』は二百万部を超えるベストセラーとなる。二〇〇〇年に菊池寛賞を受賞。また、ギャラクシー賞や毎日芸術賞特別賞などの受賞のほか、没後、日本レコード大賞の特別功労賞を受賞。

中村八大●なかむら はちだい

一九三一年（昭和六年）〜一九九二年（平成四年）、中華民国青島市出身。作曲家、ジャズピアニスト。世界七十カ国でリリースされている『上を向いて歩こう』や『こんにちは赤ちゃん』などの一九五〇年代末から一九六〇年代にかけての数々のヒット曲を作曲。映画『青春を賭けろ』の作中歌で作曲を手掛けた『黒い花びら』や『こんにちは赤ちゃん』は、日本レコード大賞を受賞している。

小沢昭一●おざわ しょういち

一九二九年（昭和四年）〜二〇一二年（平成二十四年）、東京都出身。俳優、タレント、俳人、エッセイストとして活躍。俳優としては毎日映画コンクールやキネマ旬報の主演男優賞など多数受賞。一九九四年には紫綬褒章を受章。

【章扉写真】

第一章　撮影　永井　浩

第二章　一九八〇年六月　映画『長江』の製作発表にて。
左から母・佐田喜代子、本人、父・佐田雅人、弟・佐田繁理
「株式会社まさし」提供

第三章　宮崎康平氏、和子氏
凹凸のついた手製の地図を二人で覗き込んでいるところ。
宮崎和子氏提供

第四章　左から、本人、安岡章太郎氏、一人おいて井伏鱒二氏
場所は山梨県・清春芸術村。
安岡章太郎氏は、フランスのシャンソン「セ・シボン」を歌われていた。
安岡治子氏提供

第五章　撮影　中井征勝

第六章　撮影　御厨慎一郎

著者紹介
さだまさし
長崎県長崎市生まれ。1972年に吉田政美と「グレープ」を結成、73年デビュー。『精霊流し』『無縁坂』を発表し、一躍人気歌手となる。76年にソロデビュー。『雨やどり』『秋桜』『関白宣言』『北の国から』など数々の国民的ヒット曲を生み出す。2001年、小説『精霊流し』で小説家としての活動を開始。以降、『解夏』『眉山』『アントキノイノチ』『かすてぃら』『風に立つライオン』『ラストレター』などを執筆し、その多くがベストセラーとなり、映像化されている。毎年精力的にコンサートを行なっており、その数はソロデビュー以来4400回を超える。

編集協力 ── 倉田ひさし
本文デザイン ── 神長文夫＋坂入由美子

本書は、2017年9月にPHP研究所から刊行された作品に、
加筆・修正したものです。

PHP文庫　やばい老人になろう
やんちゃでちょうどいい

2020年2月18日　第1版第1刷

著者　さだまさし
発行者　後藤淳一
発行所　株式会社PHP研究所
東京本部　〒135-8137　江東区豊洲5-6-52
PHP文庫出版部　☎03-3520-9617(編集)
普及部　☎03-3520-9630(販売)
京都本部　〒601-8411　京都市南区西九条北ノ内町11
PHP INTERFACE　https://www.php.co.jp/
組版　ウエル・プランニング
印刷所
製本所　図書印刷株式会社

ISBN978-4-569-76992-9